つつまし酒

あのころ、父と食べた「銀将」のラーメン

パリッコ
paricco

光文社

はじめに

せっかくの本の冒頭をこんな暗い話で始めたくはないんですが、僕がこの文章を書いている2021年7月12日現在、日本における「酒」の立場は、僕の生きてきたなかでは間違いなく、過去最悪のものになっています。

新型コロナウイルスの影響により、政府からくり返し発出されてきた「緊急事態宣言」。僕の住む東京都では、まさに本日から第4回目に突入。回数を重ねるごとになぜか酒類を提供する飲食店への風当たりが強くなり、予定では今から1ヶ月以上、飲食店でお酒を飲むことはできないようです。

確かにお酒には人の心をゆるめ、ときに判断力を大幅に鈍らせる効果がある。また、飲食店で飲めないぶん、マナーの悪い「路上飲み」などが増えているという事実もあるらしい。けれど、ひとりふらりと酒場のカウンターに座り、店員さんと会話をするときはマスクをし、あとは静かにおつまみを1、2品とホッピーセット。なんならナカのおかわりくらいまではしみじみと堪能させてもらって、ちょっとだけいい気分になって帰る。そんな行為にどれだけの危険があるんだろうか？　同時に飲食店の方々の苦労を思うと、心の底からやるせない気持ちになります。

なにも毎日贅沢をして暮らしたいわけじゃない。誰もがいろいろと悩みを抱えつつ、なんとかふんばって生きている。そんな日々のなかにふと、好きな大衆酒場で飲みながら心をときほぐす、つつましくも幸せな酒の時間がある。たったそれだけのことが、我々酒飲みにはかけがえのない喜びであり、明日を生きる力になる。そんなことをですね、肩の力を抜いて、ゆる～く、のんきに綴っていってみようと、約3年前に連載を始めた時には、まさかこんな時代がやってくるとは夢にも思っていませんでしたよ。ほんとに。

ただし！　我々酒飲みはっきり言ってしぶといですよ。皮肉的に「令和禁酒法」なども呼ばれている今の状況にあっても、僕は決して、日々のお酒の喜びをあきらめるなんて選択はしないし、限られた条件のなかでこそ、より貪欲に楽しんでやろうと燃える。また、それが「酒場ライター」なんて仕事をしている者の役目のような気もしている。

この本には、光文社新書の公式ｎｏｔｅに、２０２０年4月3日から２０２１年３月12日の間に公開されたエッセイが収録されています。まさにコロナ禍ドンピシャ。なので、ぜんぶで46本の原稿のうち、お店でお酒を飲んだ話は、わずかに12本しかありません。その代わり、主に自宅やベランダを舞台に、シチュエーションに凝ってみたり、あれこれグッズを試してみたり、お酒やつまみにこだわってみたりと、そりゃ〜も〜あの手この手で、この時代ならではの楽しみかたを模索しまくっています。つまり本書は奇しくも、「コロナ禍におけるある酒飲みの奮闘記」とも言える内容になってしまったわけです。

と、ちょっと熱いことを書いてしまいましたが、肝心の内容は前作から引き続き、とことんゆるいものになっています。むしろこの「はじめに」からの流れで読んで、椅子からずっこけないようにだけ、気をつけてくださいね。

未知のウイルスの恐怖に怯（おび）えつつ、それでも小さな希望を胸に、なんとかかんとか生きた日々。いつか人類がその脅威を超えたときに、「あぁ、こんなこともあったね」と笑えるように、お酒を飲む人も飲まない人も、油断はせずに、もうしばらくがんばっていきましょう！　というわけで、今夜も乾杯！

つつまし酒

あのころ、父と食べた「銀将」のラーメン

目次

お店の情報、価格などはすべて公開時のものになります。
なお、各原稿の末尾に公開日を記載してあります。

備蓄庫整理晩酌

買い占めよりも先にするべきは……

新型コロナウィルスによる生活への影響が日に日に深刻さを増しています。もちろん日本も例外ではなく、この週末にはついに、東京都知事による「外出自粛要請」の呼びかけまで行われ、先の見えない不安と閉塞感が日本中を包み込んでいるようです。

こういう状況になると必ず起きるのが「買い占め」問題。「いつ物流がストップし、生活必需品が買えなくなってしまうかわからない」。そんな根拠のない不安にかられ、開店前からスーパーに行列を作り、過剰な量の買い物をしてしまう。もちろん、事態を冷静に判断すればそんな必要はないはずだし、そういう行動の連鎖がより状況を悪化させることをわかっている人のほうが多いのでしょうが、実際に現在も、マスクやトイレットペーパーは、朝店頭に並んだそばから売り切れていってしまっているわけで、自分だってその気持ちがわからないわけじゃない。かくいう僕も、子供が好きな

パンやインスタントの麺類なんかだけは、余裕を持って数日分買わせてもらったりもしました。

そこでふと、自分たち用のインスタントラーメンやカップ麺、缶詰などの備蓄食材も多めに買っておいたほうがいいのかしら？　という思いがよぎる。でも待てよ、よく考えたら我が家の棚の備蓄食材ゾーン、そもそも自分でも把握しきれていないくらいあれこれ詰まってないか？　絶対に賞味期限間近のものもある気がする。買うより先にそっちを整理するのが先決だろう。むしろいい機会なんじゃないだろうか？　というわけで、いったん備蓄食品の現状を把握しなおし、そろそろ食べちゃったほうがいいものは食べちゃおう。せっかくだから、それをつまみに飲んじゃおう。題して「備蓄庫整理晩酌大作戦」が決行されることとなったのです。

3種の缶詰で缶ベキュー

思い立ったが吉日。いざというときのためにと棚にあれこれ詰めてあった缶詰類を、いったんぜんぶ出してみる。定番のツナ缶やサバ缶、晩酌に重宝する焼鳥缶など、合計30個くらいの缶詰が発掘されました。また、僕の好みが反映されてやたら多かったのが、カレーもの。いなばのタイカレーとかインドカレーとか、あのへんがゴロゴロ出てくる。そんななかから、今回は3つの缶詰を消費する方針を固めました。

1. いなば「具が溶け込んだ赤ワインカレー」
2. ホテイ「からあげ 旨辛たれ味」
3. HOKO「とれたてスイートコーン」

また、その隣のゾーンから「リッツ」も1袋出てきたので、こいつもサポート役に採用。ちょうど賞味期限が先月〜今月にかけてのものが中心で、カレーだけ昨年末なのが若干不安ですが、まぁ様子を見ながらいきましょう。

缶詰中心となれば、「缶べキュー」だよな。と、ある日の仕事後、そそくさとベランダで準備を始めます。カセットコンロに焼き網を敷き、その上に開けた缶詰たちを並べる。缶べキューをより楽しむポイントは「トッピング」。コーン缶にはバター、醤油、コショウを。カレー缶には玉ねぎスライスを追加してみました。

ゆっくりじっくりと加熱してゆくため、コンロの火をごく弱火にセット。やがてグツグツと湯気を上げはじめる缶詰たち。はっきり言って、すでにめちゃくちゃ楽しい

1回の晩酌にはじゅうぶんすぎる量だ

3つの缶がそれぞれグツグツ

んですけど！

シメに缶詰総動員！

やがて、からあげ缶の水気が少なめだったためか、ジュージューと派手な音を出しはじめました。水を足したほうが良さそうだな。けどキッチンまで取りに行くのも面倒だな。え～い、今飲んでるチューハイでいいだろう。と、缶にたらす。無味無臭だし問題ないでしょう。むしろ焼酎の効果で肉が柔らかくなるかも。

ではまず、そのからあげからいってみましょう。お、これはなかなか、もちろん揚げたてのサクサク感はないけれど、缶詰でここまでからあげっぽいのはおもしろい。意外と同じホテイの焼鳥缶より好きかもしれない。味の濃さがチューハイに合う～。

お次はカレーだ。どれどれ……わ！　これは大当たりなんじゃないでしょうか。かなり甘めでありながら、酸味も適度にあって僕の好きなタイプ。そしてものすご～く深みのある味わい。もしかして、賞味期限をだいぶ過ぎている間に熟成が進んでいた？　そんなわけないか。具に足した玉ねぎも大正解だったし、リッツを浸して食べるといいつまみになるな。

お次はコーン、慎重に慎重にスプーンを差しこんですくいとり口へ。アッツ！　スプーンがアッツ！　わー、けどこれまた美味しすぎる！　けど塩気がちょっと足りないか。キッチンへ行って醤油を足す？　いや、面倒だからカレーにちょんと浸して食べればいいか。あ、これもこれでうまいぞ。

すべてが熱々になったので、いったん火を止め、ゆっくりとチューハイとのマリアージュを楽しみます。手で持てるくらいの熱さになったコーン缶、缶ジュースのようにそのまま汁をすすってみたら、新手の濃厚コーンスープって感じでこれまた最高！

さて、ひととおり堪能したところで、いよいよ最後の計画を実行に移すことにしましょう。あ〜忙しい忙しい。

実はこの晩酌中、ムクムクと巨大化し続けていた思いつきがあるんですよね。それが、3種の缶詰をキメラ合成した、シメカレー！　これを食べるためなら重い腰を上げてごはんをよそいに行く手間もいとわない！　とばかり、久々のキッチンへ。炊きたてごはんの上に残った具材すべてをのせたら、はい、「備蓄庫整理カレー」のできあがり〜。

どれどれ……うわ、なんて贅沢なカレー！　こりゃあチューハイ、おかわりだな。

〈2020年4月3日〉

シメはカレーライスで

おそるべしまげわっぱ飲み

散歩の途中に運命の出会い

あれは確か2ヶ月ほど前のこと。

その日は仕事の締め切りがやたらと重なっていて、朝から夕方にかけて、ひーひー言いながら3本ほどの原稿を書きあげました。僕の場合、文字数の多い少ないに関わらず、3本も原稿を書くといったん精神的限界が訪れます。まだまだやることはあるんだけど、どうにかして気持ちをリセットしないとどうしようもない。気づけば反射的に仕事場を飛びだし、あてどない散歩に出ていたのでした。

こういう場合、ふだんなら近くの石神井公園へ行くことが多いんですが、その日はなんとなく逆方向に歩きだしていた。頭を空にして歩いていると、やっぱり少しずつ気が晴れてきます。いきあたりばったりに進み、15分ほどでたどりついたのが、石神井公園駅と大泉学園駅の中間ほどの場所にある「リヴィンオズ大泉店」。ここ、僕と同世代くらいの地元っ子は、子供のころから「オズ」の愛称で親しんできた商業施設で、食品や日用品はもちろん、CD、本、おもちゃ、服、電化製品などなんでも揃い、さらにはレストランフロアやゲーセンまであるので、ヒマでしょうがなかった中高生時代、無駄に足を運びまくっていた場所です。

何年ぶりにやってきただろうか。気まぐれにちょっと覗(のぞ)いて帰るか。と、いったんエスカレーターで最上階まで行き、ぷらぷらと売り場を徘徊(はいかい)しながら1階ずつ下ってゆく。そんなことをしていたら、大好きなキッチングッズ関係のコーナーで僕の目に飛びこんできたのが「まげわっぱ弁当箱」だったんですね。

「あ、いいな〜。こういうの欲しかったんだよな〜」と手にとり、しげしげと眺めます。いわゆる無垢の白木であったり、漆塗りであったりの高級品ではなく、外側がウレタン塗装されたライトなもので、値段も2000円ほどと手頃。見れば見るほどかわいらしく、手になじむ。ふだんお弁当生活をしているわけでもないので生活に絶対必要なものではないんだけど、こうなってしまうともはや、自らの欲望に抵抗するのは無駄なあがきです。

よし、買おっと！

普通に暮らしていてもこいつの出番はやってきませんが、もちろん僕の心は決まっ

ています。さて、まげわっぱ弁当をつまみに飲もう！

人生に必要のないライフハック

「わっぱ飲み」を実行しようと心に決めた日の朝、まずは中身について思案する。自分でこしらえる？　それはそれで楽しいだろう。だけど今回は一発目。もっとこう、わっぱ君に予想外の驚きを与えてもらいたい。そうだ、普通のコンビニ弁当をわっぱに詰め直すなんてどうだろう？　いや、どうだろうもこうだろうもないよ。それしかない！

というわけで仕事帰り、セブンイレブンに寄って、な〜んの変哲もない普通の「のり弁」を買ってきました。あれこれおかずが入って税込み399円。安い。これをさっそく、わっぱ弁当箱に移していきましょう。

さて、どう考えてみても最大の難関は、「そもそも弁当箱の形が違う」という部分にありますよね。おかずはまだいい。ごはん部分をうまく引越しさせてやれるだろうか？　不安な気持ちを抱きつつも思いきりよく、割箸でざくざくとごはんをそれらしき形に切り抜く。わっぱに移す。うわ、やっぱりフチがガタガタだ。けれども、まだ

こんなサイズ感

本体弁のほうには海苔とごはんが少々残っています。そこから海苔をはがしとり、ていねいにていねいにガタガタのフチ部分につぎはぎしていくと、なんとかかっこうはついた気がします。あとは自分の感性を信じ、おかずたちを配置してゆく。あれ？これ、結果なかなかいい感じになったんじゃないの？

想像以上だったわっぱの力

ふぅ、これで準備は整った。いよいよ待望のわっぱ飲み、開始～！と、発泡酒をぷしゅり。まずはのり弁部分を食べてみます。おかかと醤油の染みた海苔をまとった白米。そしてふわりと木の香り。あれぇ？これ本当にコンビニ弁当？なんだか少年時代に食べた母の弁当の味がします。それに、まだ移しかえてから1分も経ってないのに、お米がやたらともっちりしている気がする。プラシーボ効果も加わっているんでしょうが、わっぱの力、想像以上におそるべしだな……。

基本的にのり弁かマクドナルドでしか出会うことのない、フィッシュフライとタルタルソースの相性。ソースの染みたコロッケやチクワの磯辺揚げの頼もしさ。脇を固める副菜陣の堅実な仕事。そして冷やごはんの、弁当ならではの味わい。ビールがぐ

引越し成功

いぐい進むこと！　こんなにうまいかコンビニ弁当。ちょっとした衝撃体験ですよ、これ。

と、わっぱ飲みを心ゆくまで堪能した後、本体であるプラ弁当箱のほうに、収まりきらなかったごはんがまだ少しだけ残ってしまっていました。ふと確認したくなり、そっちを食べてみてさらに衝撃。いったんわっぱ弁当の味を知ったあとだと、なんて味気ないんだ。これ、もしかして知らなかったほうがいい喜びだったんじゃないだろうか……。だって、今後普通のコンビニ弁当を食べるたび、わっぱ君のことを思い出してしまうに違いないもの……。

〈2020年4月10日〉

冷めたごはんって美味しいですよね。

地元の商店街に丸投げ晩酌

住宅街のなかにぽつんとある小さな商店街

相変わらず外出は、家から徒歩圏内にある仕事場と、日用品の買い物にスーパーに行くくらいしかできない日々が続いています。となると、せめて日々の晩酌くらいは工夫を凝らしてバリエーションを持たせたい。制限のあるなかであっても、最大限楽しみたい。ってまぁ、この連載、最初っからずっとそんなことばっかりやってるわけですが。今回のテーマは「地元の商店で酒とつまみを調達する」です。

西武池袋線の大泉学園駅と石神井公園駅の中間あたりの住宅街に、突然ぽつんと存在する小さな商店街があります。特に駅から近いわけでもなく、なんでこんなところに？　って感じなんですが、近代的なスーパーやコンビニが今ほど発達する前は、その地域に住む人たちのためだけの商店街って、いっぱいあったんでしょうね。その名も「石泉ショッピング街」。仕事場からそう遠くないこともあり、たまにふらりと散歩がてらに寄って、買い物をしたりしています。

商店のうちわけは、鶏肉専門の精肉店が1軒、八百屋が1軒、小さなスーパーが1軒、酒屋が1軒、ラーメン屋が1軒、喫茶店が1軒、小粋な雑貨屋が1軒、美容室が1軒、写真館が1軒、洋服のお直し屋さんが1軒、スナックが1軒。そんなところでしょうか。あれ？　ものすごく閑散としてるイメージだったけど、書き出してみるとけっこういろいろあるな。よし、仕事を終えたら、石泉ショッピング街へレッツゴー！

肉屋→八百屋→スーパー→酒屋

まずは僕がもっともよく利用している鶏肉専門の精肉店「藤木商店」へ。ここの「レバーのからあげ」がつまみに最高なんだよな〜。と、店頭のガラスケースを覗きこむも、残念ながら売り切れ。っていうか、夕方だからかけっこう棚がスカスカになっちゃってますね。でも心配は無用。なぜなら、注文をするとその場で焼いてくれる焼鳥がたっぷり残っているから。全種類1本ずつお願いし、棚に残ってた「チキンロール」ってのも買ってみようかな。ぜんぶで1080円。

どこか郷愁漂う「石泉ショッピング街」

　焼きあがりを待っている間、お隣の八百屋さん「清水青果」に寄ってみましょう。面目ないことに、ここで買い物をするのは初めて。店頭に、パックに入ったお漬物がいくつか並んでおり、それを眺めていると奥から店主さんが出てきて「漬物ならぬか漬けもあるよ。自家製だから美味しいよ」と教えてくれました。それは耳寄り情報！大根、にんじん、キュウリ、かぶ。迷った末に全部買ってしまったわけですが、トータルで380円と激安。これからはちょくちょく買いに来よう。

　藤木商店で熱々の焼鳥を受けとったら、小さな店内に厳選された日用品が並ぶ「ファミリーショップ　しおや」へ。ここ、自家製のお弁当や惣菜が魅力的なんですよね。カニカマの乗ったポテサラと、中華風の春雨サラダにしてみようかな。合わせて561円。

　最後は看板猫ちゃんのいる酒屋「三由酒店」へ。お、コンビニなんかではあまり見ない「ハイサワー缶」があるじゃないですか。久しぶりに飲みたいな。と、購入。160円。

こんなラインナップになりました

春雨サラダが大ヒット

家に帰ったら、さて晩酌を始めましょう。並べてみると、家族で食べるとはいえけっこうな量で、なんだか豪華すぎるくらいになっちゃったな。

まずはぬか漬けからいってみます。キュウリをポリポリ。お、この乳酸発酵のうまみ、家庭的な味わい、おじさんの言ってたことは本当だった。うまい。次は大根をカリカリ。あら、キュウリは若干浅漬かりだったけど、こっちはかなりしっかりだ。すっぱさがいいなー。にんじんって、ぬか漬けのなかでもいちばん好きかもしれません。力強い歯ごたえと甘みがたまらん。最後はかぶ。うわー、見た目ほとんど大根と一緒なのに、こっちはめちゃくちゃジューシー。ごちそうだな〜。

おっと、ぬか漬けの味が気になって飲むのを忘れてた。ハイサワーぐびぐび。っく〜、甘さ控えめのスッキリ味でこの季節にぴったり！

焼きたての焼鳥はそりゃあうまいに決まってます。やっぱり秘伝のタレが決め手なのか、家庭では絶対に出せない味だよなぁ。照り焼き風のチキンロールも美味。

しおやのお惣菜いきましょう。まったりと甘めのポテサラは、ソースちょいがけでつまみ力アップ。そして春雨サラダ！　これが大ヒットでした。春雨がムチムチぷり

大満足の晩酌に

ぷりでしっかり食べごたえがあって、具沢山で、冷やし中華的な味つけもバッチリ。これはリピート決定だな。

なかなか外食に行けない昨今、たまにはこんな晩酌も気分が変わって楽しいですね。なにしろ楽だし。いや〜、近所にあってよかった石泉ショッピング街。今後ともお世話になります。

〈2020年4月17日〉

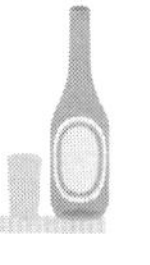

これぞ大人の秘密基地！「マイ酒場」を作る

晩酌のバリエーションを増やしたい

毎日家にこもって晩酌をしていると、つまみやお酒にあれこれ工夫を凝らしても、やっぱりマンネリ化の波はやってきます。そこで気分を変え、ベランダに出て飲むのが最近の定番だったのですが、あまりにもそこで過ごしすぎていたせいか、最近、ベランダの特別感すら薄れ、日常の一部になりはじめている。単に〝開放感のあるいつもの部屋〟にしか思えなくなってきた。

飲み食いするものに加え、シチュエーションをいかに増やすか。なにも大げさなことじゃなく、例えば晩酌用に1枚お盆を手に入れるとか、酒場っぽい栓抜きを手に入れるとか、そういう小さな積み重ねが、圧迫感のある日常を少しでも豊かにするんじゃないか、なんて思う昨今です。

スーパーへの日用品の買い出しには、相変わらず定期的に行っています。ただ、これまたいつも決まったお店になりがち。そこで気分を変え、ちょっと遠いのでふだんはあんまり行かないスーパーに足をのばしてみることに。すると当然のことながら、行き慣れた店とは品揃えがぜんぜん違う。嬉しくなりながら買い物をした帰り道、これまで一度も入ったことのない、古い酒屋の前を通りかかりました。

店頭に「ホッピー」のポスターが貼ってある。ホッピーか……そういえばしばらく飲んでない。あんなに好きだったのに、店でしか飲む習慣がなかったもんですっかりごぶさたしてしまっていたな。よし、白黒1本ずつくださ〜い！　と、お会計をし、店内の一角にずらりと並んだビールケースを見た瞬間、突然思いました。

「あのビールケース、ひとつ欲しい」と。

そこで、自分としてはけっこう思いきって、その場で店主さんに聞いてみたんですね。「家にああいうビールケースが欲しい場合、どういう方法がありますか？」と。そしたらなんと、「保証金としてひとつにつき税込み220円を払ってくれたら、好きなの持ってっていいよ」とのこと！　ビールケースって、そんなに気軽に手に入るものだったんだ。

ただ店主さん、「昔ながらのガンコ親父がやってる酒屋で『ケースだけなんてケチな商売ができるか！』なんて人もいるからね。うちの親父がまさにそう。だから、もしいらなくなって返しにくるときは、親父じゃなくてオレがいるときにしてね」なんて言ってたので、厳密にはお店次第ということでしょうか。

仕事場にポータブル酒場を作ろう

そもそも、なんでビールケースなんて欲しいの？　とお思いの方もいるかもしれません。いやね、実はずっと、漠然とあこがれてたんですよ。大衆酒場の、ビールケースで作ったテーブル&椅子の席。あれの簡易版が作れないかなと思ったわけです。

僕は現在、家の近所にあって、以前『酒場っ子』という著書を出してもらったこともある「スタンド・ブックス」という出版社にデスクをひとつ借りて仕事をさせてもらっています。出版社といっても規模は小さく、平家の古い民家をリノベーションした建物をごく少人数で使っているという感じ。そこで思った。自宅のベランダもいいけど、こっちの仕事場のほうがよりビールケースが似合うんじゃないか？　そうだ、事務所の自分専用スペースに、必要なときだけ出現させられ、サッと片付けることもできる「マイ酒場」を作ろう！　と。

さっそく事務所に運びこみ、このへんかな～？　なんて位置にセッティング。テー

手に入れたビールケースをよ～く拭いて

ブルには、使っていない棚板がぴったりそうだ。頭上に、ちょうど先日手に入れたところだったオリオンビールの提灯を吊るしてみます。わはは、世界最小単位の酒場って感じで、すごくいい。仕事がひと段落したら駅前でお酒とつまみを買ってきて、試しに一杯やってみるしかない！

久々の三冷ホッピーにしんみり

美味しそうなのはもちろん、「酒場っぽさ」も重視しつつ、豆腐屋で寄せ豆腐（250円）、ローカルスーパー「まなマート」で、まぐろの刺身（500円）と、ナスの揚げびたし（280円）を購入。ついでに100均でそれっぽい食器類もいくつか購入。瓶ビールもあったほうが気分が出るな……。

いよいよ準備が整いました。瓶ビールの王冠を栓抜きでコンコンッと2回叩き（儀式）、シュポンと開栓。用意しておいたビールグラスにトクトクトクと注ぎます。うんうん、いい比率。では、初のマイ酒場飲みに乾杯！　小さなグラスのビールをひと息に飲み干す。くぅ～、うますぎる！　視線をテーブルに落とす。うわ、酒場だ！どこだっけここ!?　なんて、なにからなにまで自分でセッティングしたわけなんです

いい酒場になる予感

絵的にはかなり大衆酒場

が、それにしてもしばらく目にしていなかった、家飲みとはまた雰囲気の違う酒場っぽい光景。やっぱりテンションが上がりますね。

まずは豆腐をひと口。しっかりとした大豆味に薬味と醤油が絡みあい、夏が来た！って感じだな〜。

ちょっと奮発しただけあって、とろりとろけるまぐろがうますぎる。僕はふだん、晩酌で刺身を食べるときは、とにかく大葉をたっぷり用意して、ひと切れずつに巻いて食べるのが好きなんですが、今日は1枚しかないのが逆に店っぽくていい。3等分にちぎって大切に使うことにしましょう。

ナスもうまい。あっさり醤油味がじゅんわりと染みてて、ショウガのアクセントがいい仕事してて。え？　これで280円？　はは、安いな〜この店……。

ビールの次はもちろんホッピー。酒屋で買った業務用ホッピーと焼酎、さらにはキンミヤ焼酎ロゴ入りのホッピー専用グラスも、もちろん冷やしてあります。つまり、由緒正しき「三冷ホッピー」。

霜の張ったグラスの、25度の目盛りのところまで焼酎を入れたら、勢いよくホッピーを注ぐ。うやうやしく眺め、いざ、ゴクリ……あぁ、この味だ。久しぶりに飲む酒場の味。スッキリと飲みやすくて、だけどコクがあって、なにより、体によ〜くなじ

机の上がだんだんごちゃついてくるのも店っぽい

んだ味……。

ＢＧＭは、裏の公園で遊ぶ親子の楽しそうな声に、たまに通り過ぎるスクーターの音、心地よく通り抜ける風にのって届く電車の音。

あぁ、ここはまごうことなき酒場だ。自分だけのマイ酒場。楽しいけれど、これまでに行った無数の酒場のことを思い出してしまって、ちょっとだけ寂しくもあるなぁ。

〈２０２０年４月24日〉

見上げた視界もなかなかの風情

「アイラップ」で七色ゆで肉

キッチングッズって本当、いろいろありますね

地元のスーパーで、ちょっぴり気になるものを見つけました。側面が三角形になっていて自立するボックスに入った「アイラップ」という商品。たぶん昭和のころから変わってないんだろうなと想像されるレトロなデザインが妙に魅力的で、パッケージに書かれた「袋のラップ」というキャッチコピーも気になる。裏面の説明を見ると、どうやら食品用ビニール袋にサランラップの特性を加えたようなものらしく、食材を直接入れて冷蔵や冷凍保存できるのはもちろん、そのままレンジで解凍できたり、直接鍋につっこんでボイル調理までできてしまうみたい。これは楽しそう！　さっそく思いついたことがあり、豚ロースのかたまり肉、鶏もも肉、鶏むね肉と一緒に買って帰りました。

家に着いたらさっそく始めていきましょう。実は今回は、アイラップを使って「ゆ

レトロなデザインがたまらない

で肉」をあれこれ作ってみようと思っているんですよね。我が家ではよく、先述したような肉をかたまりのままグラグラと煮立った鍋にほうりこみ、5分くらいしたら火を止め、あとは鍋のお湯が冷めるまで放置しておいて余熱で火を通すだけという、簡単ゆで肉をよく作ります。どんな肉もしっとりと火が通り、そのままつまみにするのはもちろん、アレンジの幅も広く、大変優秀な晩酌向き常備菜です。

ただ、その作りかただとどうしても煮汁に肉の旨味が流出してしまう。そこでこのアイラップを使えば、流出が防げるんじゃないかとひらめいた。肉から出た旨味がそのまま肉にまつわりつき、あまつさえ染みこんでしまうのではないか？ と考えたわけです。さてさて、どうなることやら。

肉×味のパターン7種類

包丁で豚肉を、ざっくりと3ブロックに切りわける。鶏のもも、むね肉は、それぞれ2等分する。合計7片の肉塊を、ひとつずつアイラップに入れる。で、その場のフィーリングオンリーで、それぞれの袋にこんな下味を流しこんでみました。

気の向くままに味つけした肉たち

- 豚肉１：醤油
- 豚肉２：めんつゆ
- 豚肉３：オリジナルスパイスミックス
- 鶏むね肉１：ハーブソルト
- 鶏むね肉２：カレー粉＆塩
- 鶏もも肉１：塩
- 鶏もも肉２：焼鳥のタレ

　これら複数の味つけの肉が、アイラップを使えばひとつの鍋で一度に調理できてしまう。これは楽しいですね。アイラップは鍋肌に直接触れないようにだけ注意が必要とのことで、家にあったいちばんでっかい鍋のなかに、家にあったいちばんでっかい皿を置いてみると、これがジャストフィット。ゆでている最中にお湯の対流で肉が移動してしまわないよう、すべての袋を輪ゴムでひとまとめにしたら、いざ点火！

　数時間後に様子を見てみると、ひとまずお湯はすっかり冷めてますね。仕上がりはどんなもんかと、全種類のブロック肉から数切れずつ切りだし、大きめのプレートに盛っていきます。

一気にゆでられる革新性！

おお、これはテンションあがるな！　こういういろんな味のものがちびちびのったプレートって、酒飲みの大好物ですよね。しかも今日は、ぜんぶ肉！

七色ゆで肉大会、優勝は……

いつものようにプレーンチューハイを用意し、さっそく食べ比べていってみましょう。

まずは豚肉からいってみるか。醤油味は、おぉ、ばっちりです！　かつて東海林さだお先生がエッセイのなかで、ゆで豚を漬けこむときは、シンプルに醤油だけでじゅうぶん。醤油だけとは思えない美味しさになる。ということを書かれていたと記憶していますが、さすが東海林先生。みっしりとした食感に豚の旨味が凝縮されており、それでいて適度に柔らかく、脂が甘い。こりゃ〜いいつまみだ。

めんつゆは、醤油と比べると若干味がぼやけるかな？

オリジナルスパイスミックスというのは、以前「ケンタッキーの11種類のハーブ＆スパイスが判明！」みたいなネットの情報を参考に、自分で作ったもの。実際に鶏にまぶして揚げてもあの味そのものにはならなかったんですが、とはいえ美味しい調味

冷蔵庫に余っていたパセリ、小ネギも添えて

料であることには変わらないし、なにしろ大量に余っているので、こういうときに消費していきます。結果、ガツンとインパクトのある、酒がすすむ味に。

続いて鶏肉。まずは、自宅でゆで鶏を作るときの定番。むね肉。ともするとパサパサになりがちな部位ですが、しっとり仕上がってますね。市販品のハーブソルトをまぶしたものは、ほんのりとハーブが香るシンプルな味わいで肉との相性がいいです。

カレー粉&塩は、う～ん、少しパンチが足りないかな～。まぁ、思いつきで塩と一緒にまぶしただけですからね。ヨーグルトなども加えて事前にきっちり漬けこみ、タンドリーチキン風なんかにしてみると、また違った美味しさになりそうです。

最後は、焼いたり揚げたりして食べることが多いので、ふだんはあまりゆで鶏にはしないもも肉。これが素晴らしかった！

袋のなかでいったん熱されてから冷まされることで、旨味を凝縮した脂がジュレのように固まり、肉の周囲をコーティングしています。これが、シンプルに塩をまぶしただけとは思えない優雅な味わいを生みだしているし、もともと柔らかい素材なので、食感もぷりっぷり！　アイラップ×鶏もも肉の組み合わせ、最強かもしれないぞ……。

さらに感動したのが市販の焼鳥のタレをまぶしたもの。一緒に味見していた妻と、「これ、もはや売ってる料理の味じゃない？」と大絶賛！

シンプルな塩味の鶏もも肉

またしても晩酌がはかどるグッズを知ってしまったな〜。次はどんな食材をどう料理してみようかな〜。

〈2020年5月1日〉

今回の優勝は……

テイクアウト飲みの日々

あの有名店もテイクアウト販売を開始

地元、石神井公園にある有名ラーメン店「麺処 井の庄」が、このご時世の影響もあり、麺類のテイクアウト販売を始めたという情報を耳にしました。何年か前までは妻とよく行っていたんですが、子供ができたり、僕の食がどんどん細くなっていったりした関係で、そういえばしばらく食べてなかったな。あの味が家で気軽に味わえるなんて最高じゃないですか。久々に食べたい！ というわけで、駅前に買い物に出たついでに、その日のお昼ごはんとして、看板メニューの「辛辛魚つけ麺」2食入り1800円のセットを買って帰りました。

内容は、冷凍のスープと麺、香味油、辛魚粉。スープを湯せんで解凍しつつ、凍ったままの麺をゆで、その間に好みで薬味を用意し、器に盛りつける。それだけで、家のテーブルの上に存在していることに強烈な違和感があるほど本格的なつけ麺が完成しました。

がっしりぷりぷりとした大盛り麺の迫力がすごいですね。つけ汁をひと口味見してみると、魚粉の溶けた濃厚な口当たりと、これでもかと主張してくる旨味。そうそう、この味だった！　たまらず麺を浸してすすりこむ。う～ん、うますぎる！

ところで今日は休日。こんな美食を前にしてお酒を飲まないわけにはいきません。「辛辛魚」というくらいで、食べ進むほどに口のなかが痺れてくる辛さ。タカラ焼酎ハイボールの炭酸との相乗効果で、謎にどんどんテンションが上がっていく。ゴロリとしたチャーシューや太切りメンマも、やっぱりちゃんと美味しくて大満足。

久々の味を思うぞんぶん堪能し、あらためて思いました。テイクアウトってありがたいもんだなぁ、と。

こんな機会だからこそ出会えた絶品イタリアン

営業自粛や時間の短縮を強いられる飲食業界。当然、テイクアウトを始めるお店も多く、一度、地元のお店でそういうものを買ってきて晩酌をしてみたいと思っていました。ただ、どこがテイクアウト営業をしていて、販売時間がいつなのかがいまいち

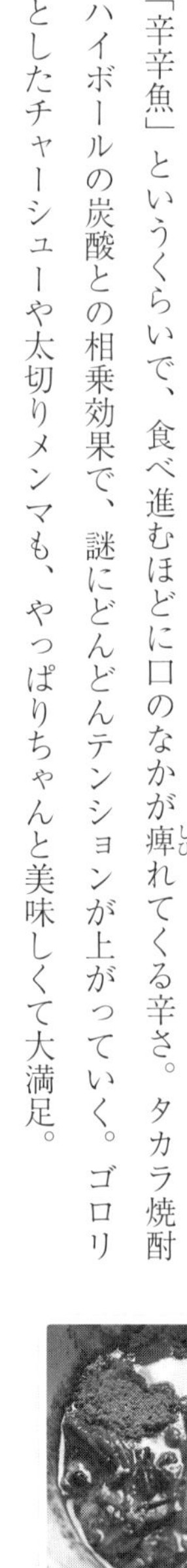
過剰なほどにうまい

把握できていなかった。そこで何気なくネットで検索してみたところ、なんと僕の住む東京都練馬区の石神井エリア限定ではありますが、ドンピシャの「TAKE OUT FOOD MAP」なるサイトを発見。使いやすいインターフェースと温かみのあるイラストマップ。各店舗のメニュー写真も美しい。一体どんな企業がこんな素早い仕事を？ と思ったらなんとこのサイト、石神井在住の写真家、佐藤朗さんが中心となり、個人レベルで制作されたそう。なんとありがたいことでしょうか。

ずらりと並んだリストを眺めてみると、地元ながらけっこう行ったことのないお店もありますね。というわけで次の休日は、未訪店のなかでも気になった「久保田食堂」の「ラザニアセット」（1300円）をテイクアウトし、優雅にベランダランチ飲みとしゃれこむことにしました。

写真手前のラザニアとサラダが久保田食堂のラザニアセット。奥のキチンティッカとスパイシー玉子は、同じ商店街にあるインド料理店「リアル」でもテイクアウト販売をしているのを見かけ、思わず買ってきたもの。こちらは2品合わせて550円とリーズナブルでした。

久保田食堂は「野菜イタリアン」を謳(うた)っているだけあり、まずサラダからして感動的にうまい！ 甘みやシャキシャキ感はもちろんのこと、苦味や青い香りが残り、自

小粋なパーティー感

然本来の生命力を感じるような野菜が、何種類入ってるか数えきれないくらいたっぷり。しかも、緑色のつくし？　みたいなのとか、黄色や真っ白のにんじん？　みたいなのとか、今まで見たことも食べたことのないような野菜が盛り沢山。ニンニクの効いた自家製ドレッシングもたまらなく美味しいし、そこに柑橘類が合わさるのがまた粋です。ラザニアも、チーズ、クリームソース、野菜がたっぷりで、大変なごちそう。これと合わせて飲むと、いつものチューハイがまるでスパークリングワインですよ。久保田食堂、落ち着いたら必ずお店にも行ってみよう。

このラザニアセットと、リアルのチキンと玉子ひとつずつを夫婦でシェアし（娘は珍しい見た目に警戒して食べなかったのでいつもどおりのごはん）、大満腹になれたので、むしろこんなにリーズナブルでいいんだろうかと申し訳なくなるほどでした。

懐かしき酒場の空気にふいに触れ

こうなってしまうと勢いが止まらず、その日の夜も調子に乗って、「TAKE OUT FOOD MAP」からチョイスしてのテイクアウト晩酌をすることにしました。選んだのは、地元の好きなお店のひとつ、やきとん「那辺屋」の「やきとん5本」

（600円）、「焼き鳥5本」（700円）、「厚切りハムカツ」（350円）。予約の電話をしたら「最短10分で焼きあがります」とのことで、自転車で取りにいって大急ぎで家に戻ってきました。皿に並べた串焼きはまだ熱々。さっそくビールを用意して食べてみると、しばらくごぶさただった本格的なやきとんの味、お店の味が、懐かしくも美味しすぎる。いや〜、本当にありがたいもんですね、テイクアウト。

ところで今回テイクアウトをしてみてもうひとつ、とても印象的だった気づきがあります。

それは、那辺屋に商品を受けとりに行ったときのこと。当然引き渡しはお店になるわけですが、「居酒屋に入る」という行為自体が、そもそもかなり久しぶりなんですよね。小さな店内に並ぶテーブルと椅子。壁一面の短冊メニュー。ふいに目にしたそんな光景に、たまらなく、それはもうたまらなく、いつかまた酒場で飲める日が恋しくなりました。

〈2020年5月8日〉

厚切りのハムカツも久しぶりの味

あらゆるものを浅漬けに

谷口さんの『スキマ飯』をまねしてみたら

大好きな漫画家であり、個人的に飲み友達でもある谷口菜津子さんが、『スキマ飯』という新刊を出されました。自分をとことん幸せにするための、〝レトルト以上・ごちそう未満！〟なオリジナルレシピがたっぷり詰まった1冊。信頼できる酒飲みである谷口さんがそんなコンセプトで本を書いてしまったんだから、そりゃ〜ぜひ味わってみたい料理のオンパレードです。

先日そのなかから、「いろんなものを浅漬けにしてみる」って回をまねしてみたところ、これが超楽しかった！　浅漬けってーと定番は、キュウリやにんじんやキャベツなんかの野菜類ですよね。ところが谷口さんはそれにとどまらず、豆腐にゆで玉子にチーズ、さらには、刺身用の赤エビまで浅漬けにしちゃうんですね。その発想はなかった。実際に作って食べてみると、これが確かに、ぜんぶ美味しいんですよ。

ジャンルごとに袋に入れ、「浅漬けの素」で一晩

そこで今回はさらに一歩踏みこんで、スーパーへ行って目についた、自分なりに試してみたい食材をだーっと買い、まとめて浅漬けにしてみました。というわけで、いざ浅漬け晩酌のはじまりはじまり〜。

今夜ばかりは浅漬けが主役

お漬物ってそもそも、食卓の脇役としてちょこんとあるものですよね。決してセンターに陣取るようなタイプではない。でもこの浅漬け晩酌においてだけは違う。主役であるからして、大皿にドサドサっと盛られ、食卓のまんなかにどーんと鎮座させてやる。この違和感からしてまず楽しい。

で、どれからいこうかな〜と迷いつつ、あれこれつまみながらお酒を飲む。「お、これはうまいぞ!」「え〜と、こっちはもう作らなくていいかな」なんて、頭のなかでぶつぶつつぶやきながら。これがまた、最高に楽しい!

ちなみに、今回浅漬けてみた食材はこちらになります。

・アボカド

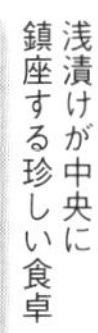
浅漬けが中央に鎮座する珍しい食卓

・赤ピーマン
・エシャレット
・新玉ねぎ
・カマンベールチーズ
・島豆腐
・ゆでちくわぶ
・しらたき
・なると

どうです？　後半へいけばいくほど異常性が増していくでしょう？　味が気になっちゃうでしょう？　では、実際に味わっていってみましょうね。

ず〜っと楽しいのが浅漬け晩酌

実際にはこの順番に食べたわけじゃありませんよ？　あくまで、次はどれにしようと迷いながら食べ進めるのがこの晩酌の醍醐味。ですが、今回はなるべくわかりやすいよう、先ほど挙げた順に、味の感想を記していこうと思います。

というわけで、まずは野菜類から。「アボカド」は、本のなかで谷口さんも太鼓判を押していた食材。「大トロ」とか「クリーム」といった単語を思い起こさせる食感と、ぎゅっと凝縮された旨味がたまりません。というか基本的に浅漬けって、食材の味がぎゅっと濃くなるんですよね。これは全食材共通。ただし、アボカドは特に浅漬けの素が染みこみやすいようで、今回のなかでいちばんしょっぱくなってもしまいました。漬けるのは数時間でいいかも。

「赤ピーマン」は安定の美味しさ。ただ、前回漬けてみたパプリカのほうが、肉厚で好きだったかもしれません。「エシャレット」も絶妙な仕上がり。ほんのりとした辛味と塩気で、味噌をつけて食べるのとはまた違うおもしろさがあります。「新玉ねぎ」も良かった！　辛味が適度に抜け、ジューシーで食べごたえあり。これは旬の季節に定番化してもいいかもしれない。

「カマンベールチーズ」は文句なしですね。みしっとした食感になり、チーズのコクや旨味が凝縮され、かつ絶妙な塩気が加わっている。これ、ごはんのおかずにもかなりいいかもしれませんよ。

後半の、おでんのなかに入ってそうな食材ゾーン。「島豆腐」がまず素晴らしい。

もともとしっかりとした食感の豆腐ですが、さらに身が締まって、あっさりとしたチーズのよう。濃い大豆味も頼もしい。これ、個人的に殿堂入りかもしれないな〜。と思ったら、あらま、「ゆでちくわぶ」も素晴らしい！　塩気の具合がピタッとハマってるし、こんなにも小麦の味を感じられるとは。え〜い、こっちも殿堂入りだ！「しらたき」、いいですね〜。ぷりんぷりんの食感にそこまで変化はないけれど、きちんと味は染みていて良い一品おつまみになってます。

こりゃ〜今夜は全勝か？　と思いきや、ラストの「なると」には、なぜか他の食材ほどの変化はなく、次からは素直にラーメンにでも浮かべて食べようと思いました。

ちなみにおもしろい発見もひとつ。後半、違う浅漬けどうしを組み合わせたりしながらも食べていたのですが、豆腐とアボカドを同時に食べると、どこかカプレーゼなんかを思い出させる洋風な雰囲気になるんですよね。そこで思い立ち、たらっとオリーブオイルを回しかけてみたところ……本日の真の優勝者が決定いたしました。

〈2020年5月15日〉

ドムドム・パーティー

東京23区内唯一の「ドムドムハンバーガー」

「ドムドムハンバーガー」をご存じでしょうか？

1970年に東京町田にオープンした日本最古のハンバーガーチェーンで、ピーク時には400店近くもあったというから、ある年齢以上の方々は懐かしく感じる名前かもしれません。が、現在の店舗数はわずか29。東京23区内には、なんとたった1店舗「マルエツ大泉学園店」を残すのみなんだそう（2020年5月時点。その後「浅草花やしき店」が開店）。……ん？　マルエツ大泉学園店？　その貴重なドムドム、うちからそう遠くない場所にあるじゃん！

と、わざとらしい寸劇から始めてしまいましたが、今住んでいる石神井公園の隣で、僕の実家がある大泉学園に、数少ないドムドムハンバーガーの生き残り店舗があることは以前から知っていました。ただ、お店の所在地が「大泉学園町」といって、駅からわりと離れたエリア。かつ、実家のある方面とも違うので、子供のころによく行ったということもありません。数年前に一度、妻となんとなく行ってみたことがあるくらい。その時も、そんなにお腹が空いていたわけではなく、オーソドックスなハンバーガーを1個食べただけだったこともあり、あんまり強く印象には残っていませんでした。

が、熱狂的なファンも多いうえ、全国のそういう方たちにしてみれば、ものすごく恵まれた環境に自分がいることは確か。「久々に行ってみっか」、そういう気持ちがムクムクと湧いてきましたよ。

ドムドムに浮かれ買いすぎる

行く前に、ホームページでメニューをチェックします。オーソドックスな「ハンバーガー」「チーズバーガー」「てりやきバーガー」なんかに混じって、「ザクザクかき揚げバーガー」とか「お好み焼きバーガー」とか「手作り厚焼きたまごバーガー」なんていう攻めたメニューがちらほらと。これはひととおり味わってみたいぞ。サイドメニューにも「ポテトフライ」や「チキンナゲット」に続き、「バターコーン」や

「ごぼうスティック」など、居酒屋のおつまみみたいなのが載ってて気になる。さらになごんだのが「かりんとう饅頭」。ええ、知ってますよ。外側がカリッと香ばしい、揚げまんじゅう的な、あの和菓子ですよね。知ってるけど、「きみ、迷子になっちゃったの？　おうちどこ？」感が半端ない。いいなぁ、この自由さ。

ではでは、23区内最後のドムドムハンバーガーへ！

到着したドムドムは、大きめのスーパーマーケットの1階にテナントとしてちょこんと入っている存在感と、失礼ながら色あせぎみな看板のせいで、ものすごくノスタルジックな雰囲気。外壁のいちばん目立つ位置には、「おうちでドムドムセット」なるポスターが貼られています。選べるハンバーガー3点、ポテトフライMサイズ3点、チキンナゲット10ピース、チーズポテト10ピースで１５００円という、かなりお得な内容。どうやら、テイクアウト全盛のこのご時世ならではの期間限定品のようですね。が、今日は攻めたメニューをあれこれ試してみたい。初志貫徹で、すべて単品で注文。あきらかに浮かれすぎていたようで、税込み合計が２４３０円と、けっこういい金額になってしまいました。

今後は月一開催の方針で

ハンバーガーが冷めないよう大急ぎで家に帰ったら、さっそくドムドム・パーティーを始めましょう。今日のラインナップは以下。

- **ビッグドム　トマト&チーズ**
- **ザクザクかき揚げバーガー**
- **お好み焼きバーガー**
- **手作り厚焼きたまごバーガー**
- **シャカリポ　のり塩**
- **ごぼうスティック**
- **バターコーン**

気になるかりんとう饅頭に関しては、つまみにはそれほど向かないだろうと判断し、今回は購入見送りとなりました。

袋から取り出す時点ですでに気がついたんですが、ドムドムのハンバーガー、1個

ひとつひとつにドムドムとした重量感あり

レッツ、ドムパ！

1個がかなりでかいですね。日本のオーソドックスなハンバーガーチェーンのものと比べると、かなりアメリカンな印象。すべてのハンバーガーを包丁で4等分に切り分け、家族でシェアしつつ食べていきます。お酒は気分的に、コークハイを合わせてみることに。

まずは「ビッグドム　トマト&チーズ」から。パティが2枚入る、マックでいうところの「ビッグマック」みたいな商品なのかな。ガンダムのモビルスーツで出てきそうなネーミングでもありますね。これにおもむろにかぶりつき、かなりの衝撃を受けてしまいましたよ。シンプルに、うまい！　まず、肉にビーフ感がしっかりとある。そこに、シャキシャキのレタスをはじめとした、玉ねぎ、トマトなどの野菜が、ものすごいジューシーさをプラスしている。チーズもピクルスもはっきりと主張がある。パンがふっかふか。単品で450円はちょっとお高めかと思いきや、巷の1000円超えの高級バーガーとも張りあえる美味しさだと感じました。ドムドム、お前、すごいやつだったんだな！　コークハイとの相性？　説明不要でしょう。

続いてサイドメニューもいってみます。「シャカリポ」は、フレーバーの粉を袋に入れてシャカシャカと振るタイプのポテトフライ。意外だったのが、注文を待っている時に厨房からシャカシャカシャカと音が聞こえたので、もしや？　と思ってたら、店員さんがあらかじめシャカシャカしてくれるものだったこと。本音を言うと、まずはプレーンの味を確認してから自分でシャカシャカしたかった。頼めばそのようにもできるのかな？　とはいえ、強めの塩気と、ポテチを思わせる海苔の風味で、酒のつまみにはばっちりです。3歳児にはちょっと味が濃いかな……と心配しつつ、マクドナルドのことを間違えて「ポテトナルド」と覚えてしまっているほどポテト好きの娘も、ご満悦で食べています。

「ごぼうスティック」は、僕からしたらまさに居酒屋のおつまみ。「バターコーン」の素材本来の甘みを生かした仕上がりもいい感じです。

いよいよ変わり種バーガーゾーンに突入していきましょう。いちばん気になる「ザクザクかき揚げバーガー」、これ、信じられないことに、ビッグなかき揚げだけじゃなく、その下にパティも挟まっているという、言葉は悪いけどなかなかのバカバーガー。ザクザク食感のかき揚げは和風でありながらどこかオニオンフライを思わせもするようで違和感なし。その強力な味が若干パティの存在感を薄くはしていますが、パンチのある味で、はい。大好きです。

「お好み焼きバーガー」、潔いまでの炭水化物コンビ。「お好み焼きをおかずにごはんを食べる」の亜種とも言えるか。このお好み焼きが、これまたきちんと美味しく、バンズの間から抜き出してそのまま食べてみたいほど。とはいえ、ハンバーガーにしてある意味もちゃんと感じる調和っぷりです。

「手作り厚焼きたまごバーガー」がすごい。ドムドム通たちの間では人気のバーガーなんだそうですが、信じられないくらいフワッフワでダシの効いた厚焼き玉子が、これだけはその他の具の力も借りず、単体でパンに挟まっている。ソースもカラシマヨのみ。なんていうんでしょうか、これ、そもそもハンバーガーじゃないよね。むしろ京都風の玉子サンドイッチに近い。口のなかに優しい〜世界が広がっていきます。卵好きの娘はこちらにもご満悦。これで税込300円か……。可能な方にはぜひ一度、味わってほしい美味しさでした。

初めてきちんと向き合ってみたドムドムハンバーガーは、僕のハンバーガーチェーン観を変えてしまうほどにチャレンジングで、なによりものすごく美味しかったです。そして、満足感とパンチのある味がお酒のつまみにもぴったり！　次はこの半分くらいの量でよさそうですが、月一くらいで開催していきたいパーティーとなりました。

最後に望むことはたったひとつ。23区内最後のドムドム、どうか末長く営業を続けてくれますように。


〈2020年5月23日〉

はたしてこれはハンバーガーなのか

消滅するエンガワ丼の謎

まるで狐につままれたように

私がその謎と出会ったのは、5月にしては肌寒い薄曇りの朝だった。

前日、いつもよりほんの少しだけ足をのばし、鮮魚類の品揃えに定評のあるスーパーマーケットを訪れた。そこで、晩酌のつまみとしたい魚介類数品のうちのひとつとして、ふと目についた「アブラカレイのエンガワ」を買った。これをだし醤油で簡易的な「漬け」にし、その夜の酒のつまみとしたわけだったが、40を超えた身には少々脂っこい。数切れつまみ、残りは翌朝、飯のおかずとして食べようと考えた。

そして件の朝だ。すっかり褐色に染まったエンガワを炊きたての白米にのせ、あの脂っこさを若干でも中和しようと思いつき、表面をバーナーで炙る。キッチンに、醤油と脂の焦げる良い香りが漂う。茶碗を持って食卓へ行き、勢いよくかっこむ。するとどうだろう。前日まではコリコリとした食感が印象的だったエンガワは、白米とともに口に入れた瞬間にじゅわりと溶け、その旨味と香ばしさだけを残したまま口中から消滅してしまったのだ。

謎だ。どんな作用が働いたのだろうか。ともあれ、この「消滅するエンガワ丼」がどうにもうまい。箸が止まらなくなり、あっという間に食べつくしてしまった。

微かなる食感を消したい

数日後、私は同じスーパーマーケットへ向かった。無論、消滅するエンガワ丼の謎を放置しておくわけにいかないからだ。幸いなことに、まったく同じアブラカレイのエンガワが、今回も店頭に並んでいた。買って帰り、まずはいったん状況を整理する。エンガワが消滅したのは、買った翌日の朝だった。だし醤油で漬けにし、炊いた飯にのせ、バーナーで炙った。つまり条件としては、以下の要素が考えられる。

1. **漬けにして1日置いたから**
2. **炊いた飯にのせたから**
3. **炙ったから**

このうちのどれかが消滅理由かもしれないし、要素が複合している可能性もありえる。もしもそれ以上に、たとえば気候条件や魚の状態にも左右されるとなると今ある材料だけでは手に負えないが、とにかくひとつずつ検証してみる価値はあるだろう。今日試せる要素は、3項目のうちの2と3、及びその組み合わせだ。

まずはエンガワをひと切れ、炊いた飯にのせ、醤油をかけて食べてみる。もとの食感からほぼ変容はない。が、ともあれ大変うまいのでチューハイをごくりと飲む。

次は、ただ炙り、醤油をかけて食べてみる。すると吉兆。じゅわりと溶けるような感覚が加わった。ただし、食感もまだきちんと残っている。そしてこれもうまいので酒がすすむ。

組み合わせはどうだろう。炊いた飯にのせたエンガワを炙り、醤油をかけてほおばる。かなり消滅に近づくが、やはり微かなる食感が残っている。これを消そう。となればできるのは、漬けにして明日まで待つことだけだ。

白米にのせ炙ったエンガワ

運命の朝

運命の朝だ。冷蔵庫から取り出したエンガワは、美しいべっこう色の漬けになっている。これをプレートに端から「そのまま」「炙り」「炊いた飯のせ」「炊いた飯のせ炙り」と並べ、一気に検証していく。

そのまま。食感はきちんとある。
炙り。かなり近いが、食感がゼロにはなっていない。
炊いた飯のせ。食感ある。
炊いた飯のせ炙り。……消滅した。エンガワが、見事に。

どうやらうまくいったようだ。つまりエンガワが消滅する条件とは、「漬けにして1日置き、炊いた米にのせて炙る」。初めてこの謎と出会った朝の条件とまったく同じ。偶然、初めからそこにたどり着いていたというわけだ。私は科学者ではなくて単なる酒飲みなので、その理由などについては深く掘り下げないが、今後また消滅するエンガワをつまみに酒が飲みたくなれば、いつでもそれを手に入れることができる。

炙ったエンガワから脂が大量に溶けだしている

清々しい気持ちで残りのエンガワを、茶碗へよそった飯の上に並べて炙り、あまつさえ、中心に卵黄を落として、小ねぎとごままで散らしてしまう。

今は朝であるので、酒は控えておこう。消滅するエンガワ丼が朝食。なんたる豪奢。卵黄をぷつりと割ってざっくり全体に絡め、まずはひと口。ジュワッと溶けるエンガワの、旨味だけをまとった白米のうまさ。そこへ絡む、とろける卵黄のコク。それを何度もくり返す悦楽……。

私は、これまでの文筆歴において、ずいぶんと軽々しく「官能的」という表現を使いすぎてきてしまった気がする。消滅するエンガワ丼。これこそがまさに官能的な美味であると、今、心の底から反省している。

〈２０２０年５月29日〉

謎は解けた
晴れ晴れと食べる

「官能的」という言葉は
この丼のためにあり

「ベランダピクニック」と「ベランダ野宿」

必要なときにだけ出現させせられる芝生

京都在住のライターで、飲み友達でもある泡☆盛子さん。そのペンネームからも想像できるとおりかなりの酒好きで、公私ともに大変お世話になっています。そんな彼女は、ステイホームな昨今の家飲み環境向上にも積極的。いろいろと「それ、まねしてみたい！」っていう楽しそうな飲みかたを自宅で実践されています。

そんな泡さんに先日、「いいですよ」と教えてもらってあまりにもうらやましくなり、その場で注文してしまったのが、ロールタイプの人工芝。最近、あんまり外に出かけられないので、相変わらずベランダでばっかりお酒を飲んでるんですが、そのマンネリ化してきたベランダに人工芝を敷いてしまおうというわけ。

そもそも、自宅のそっけないベランダは前からどうにかしたかったんですよ。ずっと第一候補は「ウッド調のタイルを敷きつめる」だったんですが、一度敷いてしまうと気軽には動かせなそうだし、全体に敷きつめるぶんを買うとけっこうな金額になる。それに比べると、ロールタイプの人工芝はものすご～くお手軽！　1m×2mのものが、約3000円ほど。ポイントなのが、ずっと敷きっぱなしにしておくわけではなく、天気のいい日に、下にビニールシートを敷いた上に広げられるわけです。この方法だと、風雨にさらされることもなく、いつでもきれいな芝生に寝っ転がることができる。これがね、最っ高に気持ちいいんですよ！

おつまみ弁当とサンドイッチ

5月のとある天気の良い休日、絶好のタイミングだ！　と、ベランダピクニックをすることにしました。ピクニックとくれば、おつまみ弁当を用意しなければいけない。サンドイッチもあるに越したことはないだろう。さっそく地元の商店街やコンビニをかけめぐり、お酒やつまみをあれこれ買いこんで、準備完了。

それから今日は、あんまり部屋とベランダを往復したくない。室内に入るのは、トイレのときだけにとどめたい。そこで、よく冷えた缶ビール、缶チューハイ2種、ハイボールと、保冷剤がわりの冷凍枝豆をクーラーボックスに詰め込んでおきました。

これで2時間くらいは持つだろう。

おつまみは弁当箱に、からあげ、鶏ささみ大葉チーズカツ、ポテサラ、カニカマ、味玉、たけのこの煮つけ、かぶとにんじんの浅漬け。さらにコンビニで買ってきたガパオ風サンドと、保温スープジャーに入れた即席のトマトスープ。すでにじゅうぶんすぎるけれども、もし足りなければ冷凍枝豆もある。

割れないプラスチック製のグラスと、サーモスの保冷ジョッキも用意し、すべてをアウトドア用の鉄製ラックにセッティングし、いよいよ初夏のベランダピクニック、決行！

あまりにも気にいりすぎて……

まずはグラスに、なんとなくピクニックにいちばんふさわしい発泡酒な気がして久しぶりに買った「淡麗グリーンラベル」を注ぎます。景気づけにからあげをむしゃりとほおばり、ごくごくごく。っふぅ〜、最高すぎ。あれこれつまみつつビールを飲み干したところでその場にゴロンと横になると、視界には、上階のベランダによっていびつに切り取られてはいるものの、抜けるような青空が広がっています。そして吹き

我ながら
ほれぼれする機能美

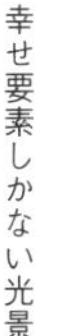

幸せ要素しかない光景

抜ける風。気分はもう避暑地の高原ですよ。

ガパオ風サンド、缶チューハイに合うな。ゆっくり時間をかけてたどり着いたラストの濃いめハイボールと、まだまだ熱々のトマトスープの相性もばっちり。たった3000円そこそこで、なんという幸せ空間を手にいれてしまったんだろうか。ありがとう、泡さん！

その夜、あまりにもこの空間が気に入ってしまった僕は、もう、ここで一泊することにしました。バカな男だとお思いでしょう。が、一度抱いてしまった衝動を止めることは誰にもできません。寝袋、ランタン、さらに、以前IKEAででかめの棚を買ったときに入っていたダンボールをひっぱりだしてきて、ベランダピクニックから「ベランダ野宿」モードにセッティングを移行。ベランダ飲み第2部の幕開けです。

え？　ダンボール？　あぁ、なにに使うのかってことね。え〜とですね、これで寝ている自分の頭付近をすっぽりと覆うことで、外でありながら個室感も手にいれてしまおうと考えたわけなんですよ。えぇ、わかります。そろそろつきあってらんなくなってきたでしょう？　いいんすよ。僕が楽しいんだから。

いや〜これがもう、想像の100倍良かったですね。はたから見たら、頭隠して尻隠さずのバカ野郎ではあると思うんですが、気分だけは完全に個室。ここで寝酒を飲みながら、なんせ家のＷｉＦｉが届いてますからね。最近ハマっている、ジャルジャルが星の数ほどＹｏｕＴｕｂｅにアップしているネタ動画なんて見ちゃってもう、最高の秘密基地を手にいれた！　って気分。

翌朝、目を覚まして立ちあがると、足には芝生の感触。空は美しい朝焼け。ひんやりとした空気。完全にキャンプ場の朝でした。

〈２０２０年６月５日〉

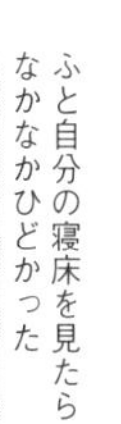

この良さ、わかってくれる人はいるはず

ふと自分の寝床を見たらなかなかひどかった

酒場で飲む

焼きたての焼鳥が食べたい!

コロナウィルスによる緊急事態宣言が全国的に解除され、それぞれに様子を見つつではありますが、営業を再開する飲食店も増えてきたようです。それにともない、たとえば営業開始前の時間帯に行うなど、なるべく感染リスクを抑えられるよう最大限の注意を払うことを前提に、僕の本業ともいえる「酒場取材」の再開予定も、ぽつりぽつりと決まりはじめました。

となると考えてしまうのが、どの店で最初に飲むか。確かこの状況になる前、最後に外で飲んだのが、3月27日に雑誌の取材で。もう2ヶ月半近く前だ。酒を飲めるようになって以来、こんなに飲み屋に行かなかったことは確実に初めてで、もうなんか、完全に感覚を忘れちゃってます。

まだ事態が収束したわけではないし、これから大きな第2波が来る可能性だってあ

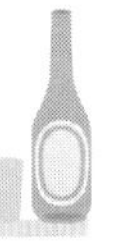

るわけで、僕としても、「やった〜自粛終わり！」と毎晩飲み歩く気分にもなれません。けれども、外飲みを再開する日がいきなり取材というのも少し寂しい。せっかくなら、地元の好きなお店に行きたい。それだっていっぱいあるけどどこにしようか。

そういえば、この自粛期間に強く感じたことのひとつに「焼鳥が食べたい！」というのがありました。煮込み料理や揚げもの、焼肉なんかは一応家でもできるけど、秘伝のタレと炭火で焼き上げた熱々の焼鳥、あのジューシーな幸福感は、やっぱり専門店ならではのもの。あ〜恋しい恋しい、焼鳥が恋しいぞ！　というわけで、2020年6月8日、月曜日。ついに久々の街の酒場である、地元石神井の大好きな焼鳥屋「ゆたか」に行くことを決意しました。あ〜、ドキドキする！

日常って、なんて幸せなんだろう

さて当日。実は数日前にも、焼鳥が恋しいあまり、ゆたかのテイクアウトは利用させてもらっていたのですが、その時、「試しに午後4時くらいから営業を開始している」という話を聞いていました。ふだんは5時半からなので、営業時間を前倒ししているというわけですね。当然、人の少なそうな開店時間を目指してお店に向かおうと考えたわけですが、その前に！　今日は確実に、僕の酒飲み人生に刻まれる日になる予定。絶対に最高の状態で臨みたい。まずはこのうっとうしくてしょうがないボサボサ頭をさっぱりさせてこよう！

以前職場があった関係で、僕はここ数年、池袋にある同じ美容院で髪を切ってもらっています。だいたい1ヶ月ちょっとで、もう限界！　となって予約するんですが、もちろんしばらく行けてない。確認すると、なんと前回行ったのは3ヶ月前！　その間に一度、あまりのうっとうしさに自分で雑に切ってしてしまったんですが、それもあってよけいに髪の毛に変なクセがつき、ぐるぐるしている。これをリセットしてもらおう。

しばらく出かけていなかったぶん、今日はまとめて、やりたかったことあれこれを精算してしまおうというわけなんですね。もちろん、なにか行動するごとの手洗いと、持ち歩いている消毒液での除菌は徹底しつつ。

久々の池袋の街。道ゆく人ほぼ全員がマスクをしている以外は、活気があって以前のままのように見えます。久々の美容院。久々に会う美容師さんとの近況報告。最高に心地よいカット&シャンプー。そして、体感で1／5くらい軽くなった髪のさっぱり感！　すでに天国。

身も心も軽くなって地元に戻り、続いてなんと、これまた外飲みと並んで数ヶ月がまんしていた「銭湯」にも行っちゃおう。神様、今日ばかりはこのとんでもない贅沢をお許しください。地元石神井公園駅前には2軒の銭湯があり、どちらも好きなんですが、「友の湯」はご主人が体調を崩されて一時休業中（心配）。というわけで、「豊宏湯」へ。

地下水をくみ上げ、薪でガンガンに沸かす熱い湯が特徴の、昔ながらの街の銭湯。番台のおばあちゃんも元気そうで何より。15時半の開店直後に行くと、すでに常連のご老人たちが数名、気持ちよさそうに体を洗っておられます。みなさんのソーシャルディスタンスを意識した位置どりを邪魔しないようにカランを選び、全身を洗って湯船にドボン。家の風呂にはない水圧が心地いい。水色のアーチを描く高い高い天井にある窓から、さんさんと陽が注ぎこむ。体が温まって顔がゆだってきたら、今度は水風呂へドボン。無念無想。しばし椅子に座って休憩し、これを3セット。全身のコリや疲れとともに、2ヶ月半の間に積もり積もった「銭湯に行けないストレス」も、確実に放出されつくしました。

あぁ、日常って、なんて幸せなんだろう……。

こがれ続けた「ゆ」ののれん

そうだ、これだった

いよいよそのときがやってきました。2ヶ月半ぶりの「酒場解禁」。16時少し過ぎにゆたかに向かうと、おぉ、のれんが出てる！　これがくぐりたくてくぐりたくてしょうがなかったんだよな。と、店内へ。

ふだんは特徴的な「J」の字のカウンターにお客さんがぎゅうぎゅうに肩寄せあって飲む人気店。ところが今は、席を1／3ほどに間引いて営業中だそうで、なんともいえない違和感がありつつ、その営業姿勢に安心感もあります。入り口の扉は換気のために少し開けてあり、カウンターには等間隔で「消毒済」の札。「当店は感染症対策を万全の状態で行っております」という立札には、「手指消毒」「うがいの徹底」などなど、お店で行われている対策が箇条書きしてあり、もちろん店員さんは全員マスク着用。焼き場担当のお兄さんなんか、相当暑いだろうなぁ……。

何はともあれ「生ビール」と、大好きな「自家製キンピラ」「ほうれん草納豆」を頼んでおいて、専用の用紙を前に焼鳥の注文をじっくり検討。

すぐに生ビールが到着。いやね、家でだってビールは飲めますよ。キンキンにジョッキを凍らせてよく冷えた缶ビールを注いで飲めば、そりゃあうまい。だけど正真正

のれん、ちょうちん、引き戸なにもかもが愛おしい

銘、この生ビールってやつはしばらく飲んでいなかった。ジョッキの重みを右手に感じつつうやうやしく持ち上げ、口もとへ持っていって、いざ、ごくっごくっごくっごくっ…………あぁ、心の底の底の底から、うますぎる！　僕、飲み屋にやってきたら、その懐かしさにホロリと涙してしまうんじゃないかと思ってたんですよ。ところが逆。もう、あまりのうまさに、テンション上がりまくりです。

続いてシャキシャキ食感がたまらないキンピラに、他のお店ではあんまり見たことがないほうれん草納豆も到着。そうそうこの味。ゆたかならではの。本当にうまいな～。再び生ビール、ごくごく。

そしていよいよ、焼き場直送、熱々の焼鳥も到着しました。届く前、女将さんと「やっぱり焼鳥はお店で焼きたてを食べるのが美味しいからねぇ」「いやいや、こないだテイクアウトして食べたのもじゅうぶん美味しかったですよ」なんてやりとりをしてたんですが、いざやってきた焼鳥はもうオーラからして違う。大好物の、途中にピーマンがひと切れあしらわれた鶏皮にがぶりとかぶりつくと、誇張でもなんでもなく、鳥肌ものの美味しさです。すかさず喉に生ビールを流しこむ。……もうね、感動×100じゃ足りない。ボリューミーなつくねも、とろけるレバーも、甘～いシロも、はじける食感のタンも、ジューシーな豚バラも、どれもこれもうますぎる。うっおおお

納豆とほうれん草が合う
このお店でしか見ない品

神々しいまでの光景

おおおおお！　って感じ。

そうだ、これだった。以前なら何気なくヘラヘラしながら楽しんでいた、街の普通の焼鳥屋の味。僕の大好きな大衆酒場の味。久々にじっくり味わってみたところ、そこには感動的なまでの美味しさがありました。これ、記事だからってドラマチックに書いているとかでは絶対にありません。100%の本音。

あらためて、以前は普通だと思っていた生活がいかにありがたかったかを感じ、そしていつまでも、我々庶民がこういう幸せを噛みしめられる社会が続いてほしいと願うばかりでした。

〈2020年6月12日〉

無限の可能性！ホットサンドメーカークッキング

衝撃の出会いからはや半年

一向に飽きる気配がありません。

えぇ、お察しのとおり、「ホットサンドメーカー」の話です。きっかけは昨年の12月、Ｔｗｉｔｔｅｒのタイムラインで、フォローしている人の誰かがリツイートしているのを偶然目にした、リロ氏さんという方のツイートでした。ホットサンドメーカーって本来、その名のとおり、パンで具を挟んで焼き固めた「ホットサンド」を作るための調理器具ですよね。ところがリロ氏さんは、それで卵とパン粉をまぶした豚肉を焼いて、とんかつ風のものを作っていた。超～ハイカロリーそうなんだけど、めちゃくちゃ美味しそう！　気になってさっそくリロ氏さんをフォローしたところ、そのとんかつにとどまらず、連日ヤバい料理を生みだしては、ありがたくもその動画をアップしてくれてるんですね。つまり、ホットサンドメーカーを、ホットサンドを作るための道具ではなく、あれこれ使える調理器具として使い倒しているというわけ。

もうね、即おんなじやつを買いましたよ。それからというもの、一向に飽きる気配なく、ホットサンドメーカーを使って晩酌のつまみを作っていると、こういうわけなんです。

まぁ僕は、リロ氏のようなホットサンドメーカーの神に選ばれし天才ではありません。誰でも思いつくようなごくありふれた使いかたしかしていない。……すいません、そろそろ「ホットサンドメーカー」と書くのに疲れてきたんで、ここからは「HSM」と略させてください。で、えーと、そう。天才ではないんだけれども、それでも日々楽しくHSMを使っている。使えば使うほど、利点だらけのその良さが身に染みてくるんですよね。先にたったひとつの欠点をお伝えしておくとすれば、構造が若干複雑なので、ちょっとだけ洗いづらいくらいかな。

利点が多すぎる

それじゃあHSMの利点、今から思いつく限りあげてみますね。例えば、牛のホル

ハンバーガーのバター焼き

モンをシンプルに塩味で焼いていくと仮定しましょう。牛ホルモンって脂が多いので、フライパンやホットプレートで焼くと、仕上がりがべちゃっとなりがちですよね。理想としては脂を落としながらの網焼きなんかが望ましい。けれども、煙問題もあって、家庭で気軽にやるのはなかなかハードルが高い。ところがＨＳＭならですよ。まず、焼いている途中何度でも、水平を保ったままシンクまで持っていって、そこで縦にすると、隙間から余分な脂を切ることができるんですね！　加えて、フタをして焼くので蒸し焼きに状態になり、食材全体にまんべんなく火が通ってふっくらと焼ける。それから、基本弱火でじっくりと火を通していくので、焦がしてしまう心配がない。途中でパカッと開けて、なかの状態を何度でも確認できるので、とにかく失敗が少ない。必要であれば仕上げに強火にし、隙間からシューっと煙が出だしたら約15秒。それを両面やると、表面に美味しそうな焦げ目をつけることもできる。そしてそして、基本密閉状態で焼くので、脂はねがなく、キッチンが汚れない。しかもですよ。これはモデルによるので、すべてのＨＳＭがそうだというわけではないんですが、僕のＨＳＭは、2枚の鉄板の連結部分をずらすと簡単に外れるようになっているんですね。なので、焼きあがったら切り離し、食卓に鍋敷きかなんかを用意しておいて、そのまま乗せちゃう。これが、ちょっとしたアウトドア気分で楽しいんですよね〜。どうです？

鶏皮、ネギ、ごはんを炒め、玉子でとじた謎の創作料理

買うしかないって気になってきません？　ＨＳＭ。

ＨＳＭならなんと、ホットサンドも作れる！

あとは自由な発想でなんでも焼いてみたらいいわけなんですが、これが本当に楽しい！

例えばさっき例に出した牛ホルモン。そこに、ざく切りのキャベツ、ニラ、ニンニク、鷹の爪も加えて焼く。全体に火が通ったらさっとだし醤油を回しかけ、もういっぺんフタをしてシャカシャカと降り、醤油を全体にいきわたらせる。最後に強火にして焦げ目をつける。これで、なんだろう、インスピレーションだけで作ったのでメニュー名がないんですが、強いて言えば「もつ鍋風牛ホルモン焼き」の完成ですよ。ビールに最高！

「野菜の肉巻き」なんてのは、なんだか面倒そうで今まで一度も作ったことがありませんでした。が、インゲンやらアスパラをてきとうに豚の薄切り肉で巻き、塩をふってＨＳＭに並べ、弱火にかけておけば、勝手にふっくらジューシーに焼きあがる。

僕の大定番は、スーパーで安定して安い鶏の手羽先や手羽元。これも塩コショウや

気軽に好物のもつ鍋っぽい味が楽しめる

てきとうスパイシーチキン

てきとうなスパイスなんかを表面にまぶして焼けば、ほっといてもこんがりジューシーなチキンができてしまう。毎日でもいいくらい好きですね。

それから、串焼きもの。つまり焼鳥とかやきとん。コロナウィルスによる外出自粛期間中、個人的にもっとも恋しくなった味ですが、これもＨＳＭなら気軽にできます。方法は、串に刺した肉を並べて焼くだけ。

このとき、はみ出た串に火が当たると焦げてしまうので、そこにだけ注意が必要ですが、それ以外は他の食材を焼くのとまったく一緒。

そういえば、ＨＳＭを使いたすぎて、一週間毎日昼ごはんを焼き固めるなんてこともしたなぁ。その時いちばん美味しかったのがカレーライスで、上面だけではなく表面全体がカリッと香ばしい、世にも不思議な焼きカレーになって絶品でした。鶏肉を焼いたあと、脂がのこったＨＳＭでマッシュルームを焼く「なんちゃってアヒージョ」も楽しい。そうそう、突然ピザが食べたくなって、残っていたパンの耳の上に玉ねぎ、ピザソース、チーズをのせて焼いてみたら、ずいぶんとピザ欲が満たされた夜もありました。

考えれば考えるほど、可能性は無限大。こんなに楽しい調理器具、なかなかないですよ。あ〜、書いてたら使いたくてたまらなくなってきたぞ。今夜はなにを作ろうか

焼鮭だってこのとおり！

見よう見まねで串打ちした鶏肉をこんなふうに並べて

な〜！

　そういえば余談なのですが、ＨＳＭを買ってひと月ほど経ったころだったかな。「そういえばこれって、ホットサンドを作るための道具なんだよな……」と思い出し、家にあったチルドハンバーグとキャベツ、チーズ、ピクルスをパンに挟んで、焼いてみたことがあったんです。そしたらこれが、自分で作っておきながらあまりにも美味しすぎ！　思わずひとりで大爆笑しちゃいましたよね。

〈２０２０年6月19日〉

やきとん。酒場欲がほんの少しだけ満たされた

ホットサンドってこんなに美味しいものなんだ！

物産館はおつまみ天国

物産館飲みは楽しい!

以前「ヤングコミック」という漫画雑誌で『ほろ酔い! 物産館ツアーズ』という漫画を連載させてもらっていました。担当編集さんとふたり、毎月1軒の物産館へ行き、3000円以内でお酒とつまみを調達。それで宴会をするということを20回近くもくり返したんですが、これが何回やっても最高に楽しいんですよね。以来、すっかり物産館大好き野郎となり、それがどこの都道府県の物産館であろうとも、見かければとりあえず吸いこまれてしまうようになりました。

東京都内でいうと、東京〜有楽町〜新橋が物産館密集地帯で、特に有楽町駅前にある「東京交通会館」は、ひとつのビルにあちこちの物産館が10以上も入っているという聖地のような場所。物産館ハシゴ酒なんて遊びもできてしまい、楽しいことこのうえありません。ちなみに「マイベスト物産館」は、沖縄県物産館の「銀座わしたショップ本店」。ここはイートインスペースの居心地が最高で、オリオンビールの生や泡盛、揚げたての沖縄天ぷらなどが味わえるのはもちろん、店内で買ったすべての飲食物も、飲み食いしてOKなんですよね。オリオンビールが作る発泡酒「麦職人」が現地価格で買えて気軽に飲める。店内につまみは無限にある。もはや沖縄。もはや飲み屋。銀座界隈でもっとも気軽に飲める超穴場スポットといっていいでしょう。

「若採りした白桃のピクルス」はなかったものの……

先日、仕事の関係で、「とっとり・おかやま 新橋館」の近くを通ることがありました。これは絶対に寄らざるをえない。というのもですね、『ほろ酔い！ 物産館ツアーズ』の単行本の最後で、作中で飲み食いした物産品約150品のなかから、個人的おすすめベスト5を発表しているんですけれども、その第1位が岡山県の「若採りした白桃のピクルス」だったんですよね。岡山名産の白桃の、梅干しくらいの大きさで間引きされたもの。それを廃棄せずにピクルスにしたという商品で、これが衝撃だった。食感はカリッとシャクっと、いわゆるキュウリとかのピクルスに近くて、甘味もない。なので、酒のつまみに最高。でありながら、ときおりふわっと、優雅な白桃の香りを

ちゃんと感じるんですよね。これがたまんないの！

というわけで、まずは白桃ピクルスを探すも、見つからない。しかたなく店員さんに聞いてみると、今は在庫がないんだそう。時期の関係もあるんでしょうか。く〜、悲しいけれどしょうがない。気をとりなおし、直感でおもしろそうな商品をいくつか買ってみることにしました。選んだのは、小倉屋の「するめ麹漬」、岡山インスタント麺株式会社「クルードスパゲティ式めん」、アカムラサキの焼肉のタレ「元祖 肉どろぼう」、林兼太郎商店の「鳥取産 二十世紀梨 チューハイ」。それから、レジでＴｗｉｔｔｅｒアカウントをフォローしたらもらえるとのことでありがたくいただいた「きびだんご」。締めて税込み１４９４円。

物産館晩酌は驚きと発見の連続

その夜はもちろん鳥取&岡山晩酌になりますよ。まずは昔の給食にあった「ソフト麺」に近いようなものに見える、クルードスパゲティ式めんを説明どおりに作っていきます。といっても、フライパンに油をひいて麺を炒め、仕上げに粉末の「トマトルー」を加えてよく混ぜるだけ。あんまりあれこれ具材を足しても逆に雰囲気が出ない

知らない食べ物ばっかりの楽しさ！

だろうと、ピーマンだけ入れてみました。同じフライパンでソーセージを3本炒め、面倒なので同じ皿に盛る。ソーセージに肉どろぼうをかければ、はい「岡山プレート」の完成です。お酒はもちろん、二十世紀梨のチューハイを。

まずはプシュッと梨ハイを開けます。果汁が11%も使われているらしく、かなり華やかな梨の香り。アルコールは4%なのでほぼジュースですが、1杯目にはすごくいいですね、これ。

続いて、タレがけソーセージ。おお、がっつりとニンニクが効き、玉ネギの甘味もしっかりで、すごく美味しいタレだ。嬉しいな〜。で、この焼肉のタレってのがなんでもないソーセージに合うんだよな〜。〝バーベキューの味〟ってつまるところ、ソーセージに焼肉のタレをかけたときの味、みたいなとこありません？

クルードスパゲティ式めんいこう。お、これは、ソフト麺とはけっこう違いますね。プリプリもちもちグニグニした太麺の食感が、ぜんぜん頼りなくなくて美味しい。常温保存できるゆでおき麺でこれはすごいな。かなり好きかもしれない。トマトルーの味は割と控えめなんですが、だからこそいろいろとアレンジもできそうですね。っていうかこれ、麺だけ使って焼うどん風にしても絶対に美味しいと思う！　こんどやってみよ〜……なんて思ってたら、肉どろぼうをかけたソーセージとの境目が麺と混ざ

天気がいいので今日もベランダで

予期せぬ焼うどん風ゾーン

りあい、勝手にそれ風になってました。

この日はこのあと、デザートにきびだんごをいただいたらそれでだいぶ満足してしまい、するめ麹漬は翌朝、ごはんのおともとして食べてみることに。

するめ麹漬、漬けこまれてなおぷりっとした食感のイカがたっぷり。麹特有の、むわっと甘くて奥深いうまさ。そのあとに、きっちりとイカのうまみも感じられる。たまにシャキシャキとした食感が混ざるのでなにかと思ったら、キュウリも入ってるんですね。いやいや、朝ごはんにはもったいないごちそうでございました。

今夜はしっかり、お酒と合わせて堪能したいと思います。

〈2020年6月26日〉

見た目からして間違いないですね、こりゃ

らっきょう漬け2020

運命のらっきょう

昨年、生まれて初めて「らっきょう漬け」に挑戦したことは、前作『つつまし酒 懐と心にやさしい46の飲み方』にも書かせてもらいました。その後しばらくは充実したマイらっきょうライフを満喫していたのですが、漬けた量が500gと少なめだったこともあり、昨年のうちに食べきってしまいました。そしてまた、泥つきのらっきょうがスーパーに並ぶ季節がやってきた。さて今年はどうしようか。また同じレシピでもいいけど、何か新しい漬けかたにも挑戦してみたいし……。そんなことを思っていたある日、僕は、運命のらっきょうと出会ってしまったのです。

あれは仕事が早めに終わり、地元のなじみの角打ちである「伊勢屋鈴木商店」で軽く飲んでいた時のこと。ここの女将のあけみさんは本当に博識で、お酒のことはもちろん、それに合う食材全般に関する知識がものすごく豊富。運がいいと「そういえば

こんなものがあるんだけど、試しにめしあがってみません？」と、珍しいおつまみを試食させてくれたりするんですよね。

その日は、らっきょう漬けの季節ということもあり、自家製のらっきょうを2粒ほど出していただいた。ただし、これが見た目からしてただものじゃない。野性味あふれ、なんだか妙に艶(なま)めかしく、いやもはや、どこか禍々(まがまが)しくすらあるような。しかも、約2年ものだという。あけみさんいわく、本当に良い素材を使えば、僕が昨年一生懸命苦労してハサミでチョキチョキ切りとった根っこや芽は、取り除かずに漬けてしまっていいんだそう。むしろそのほうが、らっきょう本来の味わいを余すことなく楽しめるんだそうです。

ワクワク7割、ドキドキ3割で、根っこつきのらっきょうをひとかじりしてみる。すると、今まで食べてきたらっきょうはなんだったんだってくらいに力強く、深く、濃い〜味がします。また特筆すべきはその根っこで、なぜだかものすごく香ばしくて美味しい。僕は、「こんならっきょう食べたことない！」と、心の底から感動しました。

自分の知ってるらっきょうじゃない！

いったれ！

その夜、僕はものすご～く悩んでいました。というのも、その場であけみさんに「こういうらっきょうを自分でも漬けてみたいんですけど」とご相談すると、同じ農園で今年穫れたらっきょうを取り寄せてもらうことができるそうなんですね。それは、50年以上も農薬、除草剤、化学肥料を使わない自然農法による農作物作りを続ける、練馬区の「野瀬自然農園」で作られている。そのくらいこだわった素材でないと、こういう本来の味にはならないらしい。ただ、当然のことながらスーパーに並ぶらっきょうよりはずっと高級品で、1kg2500円とのこと。去年僕が買ったのが、1kg1000円くらいのものなので、2・5倍。さらに、どうせ漬けるならば長く楽しみたいので、せめて2kgは漬けたい。つまり、らっきょうに5000円。誰だって躊躇するでしょう？

1週間ほど悩みに悩んだけれども、やっぱりあの味が忘れられない。自宅でも思うぞんぶんあのらっきょうを食べたい。え～い、どうせ2年は楽しむつもりだ！　決して高い買い物じゃない！　いったれいったれ！　と、ついに決意したわけなんですね。

数日後、お店に届いたというらっきょう2kgと、合わせてお願いしていた、漬け

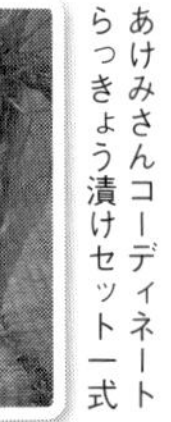

あけみさんコーディネート
らっきょう漬けセット一式

る際におすすめだという塩とお酢をいせやで受け取りました。ご親切に、以前あけみさんが作ったという、詳細ならっきょうの漬けかたを書いたペーパーも合わせて。よし、今すぐ帰って漬けるぞ！

マイらっきょうの成長と歩みをともに

ペーパーによると、漬けかたはいたってシンプル。葉つきらっきょうの葉っぱ部分をハサミでカットし、根っこの周囲を特に入念に水洗いする。それを清潔に消毒したビンに入れたら、かさの半分くらいまでお酢を注ぐ。らっきょうが浸るくらいまで水を足す。２ｋｇに対し、好みで１００～１２０ｇの塩を足して、全体が混ざるように振る。これを冷暗所に置いておけば、約10日後くらいには食べられるようになるそうです。前回の方法もお手軽でしたが、今回はさらに手間が少なかったな。

切り取ったらっきょうの葉っぱは醤油漬けなどにすると美味しく食べられるそうなのでそれも作ってみたんですが、翌日、試しに冷奴の上にのせて食べてみたところ、ニラや小ねぎよりもシャキシャキとした食感と、ほんのり香るらっきょうの風味と辛味。確かにものすごく美味しい！　葉っぱの一夜漬けがこんなに美味しいんじゃ、よ

頼もしい量のらっきょう

白いごはんにもものすごく合いました

けいらっきょう漬けの完成が楽しみになっちゃうな〜！

と、ここまでを書いているのが、らっきょうを漬けた翌々日である6月21日の日曜日。続きは10日後の自分にまかせて、今日はそろそろ晩酌を始めたいと思います〜。

……はい！　タイムワープをしてきまして、僕は現在、7月1日水曜日、スーパーやコンビニのレジ袋が有料化されたあとの世界におります。ちょっとバタバタと過ごしていたら、10日を越えて12日後になってしまったんですが、らっきょうにとってはむしろ好都合でしょう。正真正銘、12日前からいじりもしていないらっきょう漬けを、今から試食してみたいと思います！

……なるほど、ではお待ちかねの感想を。まず、瓶のフタを開けた瞬間、穏やかなお酢の香りとともに、ふわ〜んと広がるらっきょうの香気。清潔な箸で、3粒ほどを小皿にとってみる。まだまだ伊勢屋で出してもらったらっきょうの怪しい魅力にはおよばず、初々しい純白の見た目をしていますね。

ひとつかじってみる。おー、うまい！　もちろん若々しさと若干の辛みは残っているけれど、それを補ってあまりあるらっきょうならではの風味。これが力強い。ツーンと角が立っていたり、妙に甘酸っぱくもない。すでにどんなお店で出てきても、「このらっきょうの作りかた、教えてください！」と興奮してしまうくらいのレベル。

12日後、このような感じに漬かってます

自分でこれが漬けられたことが感動だ。根っこはどうだろう？　あ〜、まだまだ硬く、苦味もあって、なによりあの香ばしさが生まれていない。でもぜんぜん美味しくは食べられますよ。ここは今後の楽しみ。いや〜しかし、本当に思いきって良かった！

というわけで、これからしばらくの間、ゆっくりゆっくり、マイらっきょうの成長と歩みをともにしつつ、お酒を飲んでいきたいと思います。

〈２０２０年７月３日〉

一杯のラーメンと本気で向き合う

ラーメンに興味が出てきたお年ごろ

これまでにも何度か書いてきましたが、僕は長いこと、ラーメンとは縁の薄い人生を歩んできました。

お昼ごはんに食べるなら、ラーメンよりカレーを選んできた。そういう男だった。サラリーマンを15年以上はやったけど、お昼の選択肢は、立ち食いそば、うどん、そして松屋のカレーでローテーションが組まれていた。長い長い期間をふり返っても、たぶん自分から進んでラーメンを選んだことって、10回もないんじゃないでしょうか。

また、シメのラーメンは一部の酒飲みの定番ともいえますが、これも僕は、締めるくらいならちびちびと酒を飲み続けていたいという方針から、ほとんどやったことがない。結果、嫌いというわけではないんだけれども、そもそもラーメンのことを思い浮かべることが極端に少ない人生を送ってきたというわけなんです。

ところが、ラーメン。基本的にはみんな大好きですよね。たとえば妻がそうで、お店の美味しいラーメンも、家で作るインスタントラーメンも大好物。たまに「行ってみたい」というラーメン屋なんかにつきあうと、「なるほど、うまいもんだな」なんて思う。また、飲み友達のライター、スズキナオさんも大のラーメン好き。記事にも著書にも頻繁に登場するし、WEBに書いている日記を読んでも、ふだん一緒に飲み歩いているときなどはかなり食が細いのに、ラーメンだけは別腹といった感じで、日々すすりまくっている。

あ、大きなターニングポイントがもうひとつありました。数年前のある時期、とある週刊誌の連載で、月に2～3回のペースでラーメン店を取材していたことがあります。合計で50軒くらいは行ったかな？ 珍しくお酒以外のライター仕事ではあったのですが、お世話になってる編集さんから頼まれて始めてみたら、どの店も創意工夫と研鑽努力に富んだ、ものすご～くハイクオリティーな渾身の一杯を出してくれる。あれには感動しました。そりゃあそうですよね。そのラーメンに人生をかけ、お店まで出してるわけですから。

「町中華飲み」ではなくて

そんな風に長い年月をかけ、最近はもはや、ラーメンにすごく興味を持ちはじめている僕なわけですが、とはいえ初心者に近いので、あちこちの気になるラーメン屋に行きまくるというモードでもない。慣れぬ世界なので、なんだか少し気恥ずかしい。見知らぬ街の場末の酒場ののれんならいくらでもふら〜っとくぐれますが、そんな気軽さではまだ行けない。

よし、ここはいったん、あらためてラーメンと真剣に向き合ってみよう。しかも、誰の力も借りず、ひとりで！

いえいえ、「ぎょうざの満洲」とかそこらの町中華で、ちょっとした小皿をつまみに飲んで、シメに醤油ラーメンをすする、みたいなことじゃありません。あくまで本格的なラーメン専門店にひとりで入っていって、一杯のラーメンと真っ向から対峙する。もちろん、心細いのでビールの力は借りようと思っているわけですが、それでも厳密に言えば、ひとりということになりますよね？

実はですね、最近地元、石神井公園の商店街を歩いていたら、新しいラーメン屋さんがオープンしているのを見かけたんですよ。こりゃおあつらえ向き。新店ならばそこまでハードルも高くないし、とはいえどこにでもあるチェーン店というわけではなさそう。その名も「らぁ麺 和來」。ラーメンじゃなくて「らぁ麺」なところも、漢字2文字の店名も、いかにも気合いが入ってそうじゃないですか。

いざ、ラーメンと向き合う

向き合い当日。混雑が予想される昼どきを避けた午後2時過ぎ。何度か店の前を往復したのち、意を決して入店。

券売機の前に立つと、大別して「醬油らぁ麺」「煮干しそば」「つけ麺」「まぜそば」の4種類のメニューがあります。今日はオーソドックスな醬油らぁ麺にしてみよう。ビールを飲むつもりだから、おつまみ要素は多いに越したことはない。焼豚や味玉が乗る「特製醬油らぁ麺」（980円）をチョイス。それからスーパードライの中瓶500円も。が、緊張感からか、誤ってビールの食券を2枚買ってしまいました。どうしよう。ラーメンひとつで、ビールの中瓶2本って飲めるもんだろうか……？　ちょっと自信がないので、お店の方にカウンターに誘導されながら「すいません……これ、返金お願いできますでしょうか？」と、いきなりの恥ずかしいスタートに。

5分もかからずラーメンとビール到着。まずはビールをグラスに注ぎ、ひと息に飲み干します。これで落ち着き、どんぶりのなかをまじまじと見つめる。すると、あらまぁ、今気づいたけれども、なんて美しい世界が広がっているんでしょうか。黒く濃いんだけど透明感のあるスープ。なんだか妙に長いメンマ。薄切りの焼豚4枚に、味玉。それらが、まるで名画家の筆さばきのようなタッチで、円のなかにぴたりと収まっています。

スープをひと口すする。驚きましたね。この透明感のなかによくも詰めこんだり！といった感じで、旨味が飽和している。ガツンとくる。そこらの醤油ラーメンを想像していると、足をすくわれる。説明書きによると「国産ブランド鶏、大山どりの丸鶏を惜しげもなく使用した極上の鶏スープ」であるとのこと。こんなに惜しげもなさが伝わってくるスープってあるもんなんですね。スープだけでものすごくビールのつまみになる！

パツパツと歯切れの良いストレート麺。黒いつぶつぶは全粒粉でしょうか（連載やってたころに覚えた）。歯切れと喉ごしだけでなく、ぷりんと心地よい弾力まで感じられるのがすごいですね。小麦の香りで飲めます。

先っちょのほうはふわふわで、根元のほうはシャキシャキのメンマも、風味が強く

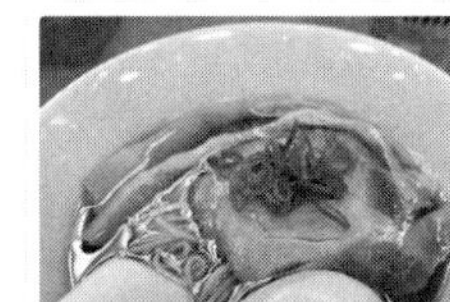

まるで絵画のよう

酒がすすむ麺

ていいつまみになる。割ってみるとものすご〜く黄身の色の濃い半熟の味玉も酒がすすむ。なにより、ぎゅっと旨味の詰まった焼豚なんかもう、いよっ、ビール泥棒！

……けっきょく美味しいラーメンも、いつのまにやら酒のつまみとして見てしまっている自分には若干あきれつつ、大満足で、あっという間に完食してしまいました。

さて、次はどんなラーメンと向き合ってやろうかしら。

〈2020年7月10日〉

大都会のコロッケそば

マイソウルフード

前回も書きましたが、僕は立ち食いそばが大好きなんですよ。決して強く香り立つようなものではない、ゆでおきの麺。どちらかといえば肉体労働者向けの、黒く濃いつゆ。そして、どかっとインパクトのある、衣厚めの天ぷら。それらが融合した、立ち食いそばならではの、どこかチープなんだけれども中毒性のある味わい。実際、会社勤めをしていたころは、本当に日々飽きもせず食べ続けており、これはもはや、僕のソウルフードと言えるかもしれません。

ところが会社を辞めてフリーランスになると、お昼にあえて外食をしなくてもすむわけで、突然食べる機会が激減してしまった。最近すごく寂しいことのひとつが、この「立ち食いそばが気軽に食べられない」問題かもしれません。いや、勝手に食べればいいじゃん！　って話なのはわかってますよ。地元駅前にも立ち食いそばの1軒や

2軒はありますし。でもさ、ほら、わざわざ気合いを入れて食べに行くってほどのものじゃないじゃないですか。あれって。あくまで、ふら〜っと街を歩いていたら視界に入り、「お、そういえばもう昼どきか」なんていいながら入っていきたいというか。ええ、自分でもわかってますよ。面倒なことを言っているのは。

池袋の終着駅

ところで先日、久しぶりに池袋で取材の仕事がありました。午後2時から約1時間、営業前のとある酒場にお邪魔して、珍しくお酒も飲まず、店主さんにあれこれとお話を伺った。その仕事がとどこおりなく終わり、3時。そういえば今日は、急ぎの原稿もあったりでずっとバタバタしてたから、朝もお昼も食べそびれている。駅に向かって歩きながらそんなことを考えていると、あるお店が視界に入りました。その名も「居酒屋　大都会」。ここで「居酒屋かい！」と突っ込みたくなる気持ちもわかるんですが、まぁ焦らないで聞いてください。まずこの状況、どう考えたって軽く飲みたいでしょうよ。日常のなかのプチ打ち上げというか。でね、あるんですよ実は、大都会には、〝立ち食いそば的なメニュー〟が。僕は瞬時に店に入っていったあとの自分をシミュレーションし、3秒後にはニヤついていましたね。「久々に大都会のコロッケそばで飲んでやるか」と。

大都会は、池袋ではわりと珍しくない24時間営業の大衆酒場。最大の特徴は過剰なサービスセットで、例えば「㊢3杯セット」なら、生ビール3杯にお刺身と小鉢のつまみがついて、1100円。そんな組み合わせが常連でも把握できないくらい無数にあるので、朝昼晩を問わず酔っぱらいたちがワイワイガヤガヤ楽しそうに飲んでいるんですね。その様子から、界隈の酒飲みからは親しみをこめて「池袋の終着駅」なんて呼ばれていたりします。

で、実はここ、かつては立ち食い（厳密には椅子があるので、立ち食い価格の）そば屋も兼ねていて、昼どきはそばをすするサラリーマンと宴会中の酔客入り乱れるそれはカオスなお店でした。場所がら、飲みの需要のほうが高かったからか、徐々に業態が変わっていったんですが、現在もその名残りとして、かけ or たぬきそばがメニューに残っている。つまり、由緒正しい立ち食い的そばをつまみにしっかりと飲める、貴重な酒場というわけなんですね。

2/3コロッケそば

というわけで、かなり久々にやってきた大都会。カウンター席には、広めに間隔をとってアクリルボードが立てられています。店内の席はかなり間引かれ、奥のテーブルが空いているように見えても、「すみません、今人数制限でいっぱいなんです」と断られている新規のお客さんもいる。予想以上にコロナ対策が徹底されていて、なんだか見直しちゃいましたよね、大都会。何より、これはトラブル防止の理由により昔からなんですが、完全食券制で、店員さんとお客さんが現金をやりとりすることはどんな場合でも固く禁止されている。基本すべてがセルフサービス。そのあたりも、まさに今の時代に合った、ちょっと安心なポイントだったり。

ではでは、前置きが長くなりましたが、まずは生ビールから。冷蔵ケースから自分でジョッキを取り出して全自動式サーバーにセットし、250円を投入してボタンを押すと、あっという間にマイ生が完成。待ち時間ゼロが嬉しいな～。

キンキンのこいつで喉を潤していると、頼んでおいた「選べる刺身2点盛り」（450円）もやってきました。

大都会、とにかく安いってイメージが先行してますが、実は鮮魚類、かなりちゃん

機械が注いだ生ビール

ホタテとサーモンをチョイス

としてるんですよね。今日のホタテとサーモンもばっちりうまい！

さて、生ビールがなくなり、刺身の残りがサーモンひと切れになったところで、フェーズ2へ移行しましょう。大都会には、忘れてならない「タイムサービス」が存在します。なんと、朝10時から夕方6時まで（どういう時間設定なんだ）、「酎ハイ」が140円！　何種類かのおつまみが120円！　という文字通りのサービス価格。ここから、チューハイとコロッケを追加します。

サービスチューハイは300mℓと小ぶりなサイズなので、そんなにたくさんのおつまみは必要としません。残っているサーモンと、コロッケ1／3を隔離したもの、これで飲み干す方針にしましょう。うんうん、ドボドボソースをまとった揚げたてコロッケと爽やかなチューハイが、最高に合う！

そして、頼んだサービスチューハイがなくなりそうなタイミングで、次なる注文を。そう、お待ちかねの「たぬきそば」です！

フェーズ3は、おかわりチューハイとたぬきそばでいきましょう。つゆを吸ってモロモロになった部分と、まだサクサクの揚げ玉。そのハーモニーを楽しめるのは今だけと、あわててすすりこみます。あ～、そうだったそうだった。この味だよ。決してこだわりの高級店には出せない、ちょっとチープなんだけれどもたまらなく美味しく

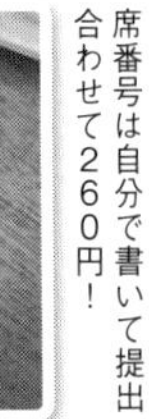

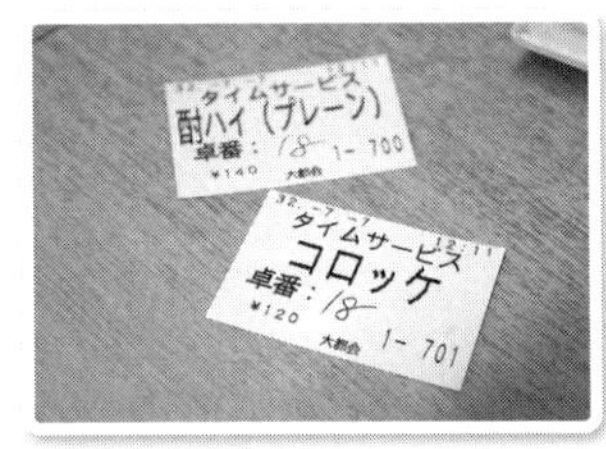

席番号は自分で書いて提出
合わせて260円！

僕のテンションとは裏腹に
わびしげなテーブル上

て、ほっとする味。やっぱりいいなぁ。

1/3ほど食べ進めたら、残り2/3のそばに、残しておいた2/3コロッケをイン。名づけて「2/3コロッケそば」!

このコロッケそばってやつもまた、立ち食いならではの味わいですよねぇ。コロッケを少しずつ突き崩しては無心ですすり、チューハイごくごく。徐々につゆと渾然一体となる衣の油と、マッシュされたジャガイモ。後半はもう、いわばポタージュ状態。これ、日本が世界に誇れる美食のひとつだよな〜。

あ、やばい。チューハイが先になくなっちゃった。これはフェーズ4、突入やむなしか……。

〈2020年7月17日〉

現在は250円
かつては100円の時代も

質素なごちそう、
ここに極まれり

外飲みの新しい相棒「マルチステンレスボトル」

「ちょっとこれ、買ってくるわ!」

休日、何気なくつけっぱなしにしていたTVから流れてきたCMに、突然目が釘づけになりました。なんでも今、セブンイレブン限定商品として「保温マルチステンレスボトルBOOK」なるものが販売中らしい。以前にも何度か書いていますが僕、「真空断熱モノ」に異常に弱いんですよね。

シンプルな円柱状の、いかにも大容量そうな見た目がいい。フタが2種類付属し、ペットボトルをそのまま収納できるギミックがいい。雑誌の付録がどんどん豪華になっていった先の到達点というか、商品名に「BOOK」とあるのに、どうやら付属するのは8ページの小さな説明書のみらしく、その潔さがいい。

妻子に「ちょっとこれ、買ってくるわ!」とだけ告げ、全速力で最寄りのセブンへ

向かってみたところ、確かにありましたよ。白黒2種類のステンレスボトルが。ほんの少しだけ迷い、シックなマットブラックを選びレジへ。お値段税込み、1958円。僕からしてみれば安い買い物ではないけれど、今この激情に抗うことなどできるはずもありません。それに、真空断熱水筒としてはじゅうぶんお手頃な値段ですしね。などと、自分に言い聞かせつつ。

第一印象は、とにかくでかい！　それにつきます。横に並べてみたサーモスの缶ホルダーには500mℓの缶飲料がスポッと入るんですが、それよりひと回りはでかい。なので、缶やペットボトルを直接入れると周囲に若干の隙間ができ、カタカタと揺れてしまいます。あくまで屋外での保冷、保温用であって、セットしたドリンクをそこから直接飲むのにはそこまで向いていない印象。コンビニで買った缶チューハイを保冷しつつ、しかも周囲の人にお酒だと悟らせずに飲めるという僕のメイン用途に関しては、サーモスのほうに軍配が上がりますね。

ではせっかく買ったのにあんまり使い道がないかというと、そんなことはない。シンプルに水筒として使用したときの容量がなんと670mℓもあるこのボトル、なんと、僕のリュックのサイドポケットにギリギリ収まりました。670mℓというとたぶん、居酒屋でジョッキで出てくるウーロンハイ2杯ぶんくらいになるんじゃないか

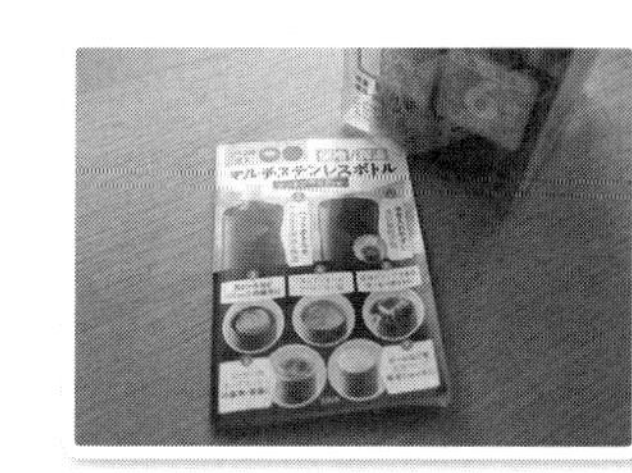

かなりあれこれ使えると書いてあり、わくわく

愛用しているサーモスの缶ホルダーと並べてみた

な？
ということは？　そう。家でお酒を満たしていって、公園のベンチでちびちび。なんてシチュエーションにぴったりなんじゃないの？

たっぷりの緑茶割りをたずさえて

ある日の仕事後、朝から降っていた雨がいつの間にかやんでいます。そこで、今こそがそのタイミングだ！　とばかり、ボトル酒の準備を開始。ふだんは仕事場で、当然ストレートで飲んでいる２Ｌペットボトルの緑茶、氷、そして焼酎を、ボトルに注ぐ。ギンギンに冷えた約６７０ｍℓの緑茶割りを持ち歩く男に、今からなるというわけですね。

おつまみはどうしようか。飲むのが緑茶割りなので、なんか酒場感のあるものがいいな。そうだ、駅前の「かぶら屋」が、確か串もののテイクアウト販売を始めていたはず。あれを何本か買って公園へ行こう。サブのつまみはポテサラあたりがいいな。そっちはコンビニのでいいか。

そんなこんなで準備万端、お気に入りの東屋に到着しました。さぁ、ボトル酒解禁

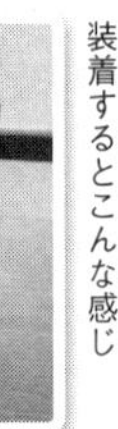
ペットボトル用のフタを装着するとこんな感じ

専用ポケットのような収まりかた

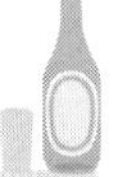

の儀を始めるぞ〜！

最近、我が地元の石神井公園ではもう蟬が鳴き始めまして、かなりごきげんな情緒をかもしだしているんですよ。梅雨雨の打ち水効果か、池のほとりは適度な涼しさ。周囲に人出はなく、完全にひとりの世界。手もとには大好きなおつまみとたっぷりの緑茶割り。この状況を「つまんなそ！」なんて言う人とは、ちょっと友達になれませんね。ま、そんな人がこんな本読んでるわけないか。

そうそう、最近気に入ってる調味料があって、それがS＆Bの「粗切りトウガラシ」。ペースト状の唐辛子で、そこにちょっと酸味が効かせてあって、これがたまにやきとん屋さんなんかにある「辛味噌」感覚で使えていいんですよ。しかも、ポテサラにも合うんだな。

ポテサラに唐辛子をちょんとのせ、ひと口つまむ。まったりと甘いイモにほんのりとした辛味が加わり、こりゃあ理想的な酒のつまみだ。氷がほどよく溶け、絶好のコンディションとなった緑茶ハイをぐびり。すると、想定外の嬉しい発見！ このボトル、一般的な水筒と違って口がすぼまったりしていません。つまり、飲み口がジョッキやグラスとほぼ一緒なんですね。これはいい！ むしろ、お酒にこそ向いてるボトルなんじゃないの？

完璧なセッティング

おつまみ力もアップする「粗切りトウガラシ」

串は、つくね、もも、ももにんにく、皮、ぼんじり。ぼんじりだけが塩で、あとはタレ。かぶら屋はタレがうまいですからね。買ってきたばかりでまだほんのりと温かい串たちを、そのままかじったり、唐辛子をつけてかじったり。あぁ、酒場の味だ。緑茶割りぐびぐび。う〜む……天国ですね、これは。

ふらり公園酒の新しい相棒として、これからよろしく頼むよ。

〈2020年7月24日〉

イモノプレートで食らう！ワイルドステーキ

100均で発見。新たな晩酌グッズ

新型コロナウィルスの感染者数が再び増加しはじめ、一時はこのまま収束に向かってくれるのかな？　などと抱いてしまった淡い期待をよそに、まだまださまざまなことに気をつけないといけない日々が続きそうです。というわけで相変わらず、家飲みの新たなる可能性を探求中。なにか楽しい家飲み向上グッズはないかな〜？　と、今日も100均に向かうのでした。

で、今回気になったのは、地元のダイソーで300円で売られていた「イモノのステーキプレート」。イモノ、鋳物、とは、金属を溶かして型に流しこむ製法で作られた鋳造金属製品のこと。スキレットなんかに代表される、重みのある鉄製の調理器具の類ですね。そういえば近年、アウトドア界隈で「鉄板」が熱いと聞いたことがある。

いや、熱した鉄板をさわると熱くて危ないよ、という話ではなくて、厚みのある鉄板で焼いた肉が、実は網焼きよりも美味しい！　みたいな。なんでも、厚い鉄板というのは一度火にかけて熱々にすると冷めにくい。ぶ厚い肉をのせても温度の変化が少ない。よって、熱が食材に均一に回り、旨味を逃さず柔らかく焼けるんだそうです。考えてみればステーキ専門店なんかでは、たいがいこの鉄板にのって肉が出てきますよね。そんなイモノのプレートがたったの300円で売られている。最近の100均は本当にすごいよなぁ。これ、買ってみっか。あ、いいことも思いついちゃったぞ。うふふ。よし、今夜は鉄板焼きステーキ晩酌に決定だ！

「超お手軽熱々プレート」作戦

その日、僕は仕事を終えるやいなや、仕事場にあるウッドデッキでステーキ晩酌の準備にとりかかりました。そう。せっかくワイルドにステーキを食らうならお外で、と考えたわけですね。用意したのは、まずはステーキプレート。初回使用時は、洗剤で洗い、火にかけ、多めの油でクズ野菜を炒め、冷まして水洗いし、再度火にかけて油を塗っておく「シーズニング」という作業が必要になるので、昼間にすませておきました。それから、固形燃料と、それをのせて使うポケットストーブ。肉を切るナイフにまな板。よく考えると、燃料もライターもナイフも以前にダイソーで買ったものだ。本当にありがたいなぁ、100均様は。このポケットストーブの上にプレートをのせた「超お手軽熱々プレート」で、直接ステーキを焼いてみようというのが今日の趣旨なわけです。

肉は、プレートを買ったその足でスーパーに寄ってゲットしておきました。スーパーの精肉売り場でいちばんワイルドそうな肉。せっかくのこけら落としだ。奮発して予算は1000円！　と選んだのが、九州産黒毛和牛のスネ肉角切り。煮込み用と書いてあったけど、黒毛和牛なら焼いただけでも食べられるに違いない。それに、少々歯ごたえが強かったとて、それが今日の気分なわけですし。

こいつは想像以上だぜ

準備万端整いました。それでは肉を焼いていきましょう！　と、ここでいきなりの致命的ミスが発覚。絶対にもらって帰ろうと思っていた牛脂をもらい忘れてますね。本当抜けてるんだよなぁ、自分。どうしよう、仕事場だから調理用の油もない。唯一

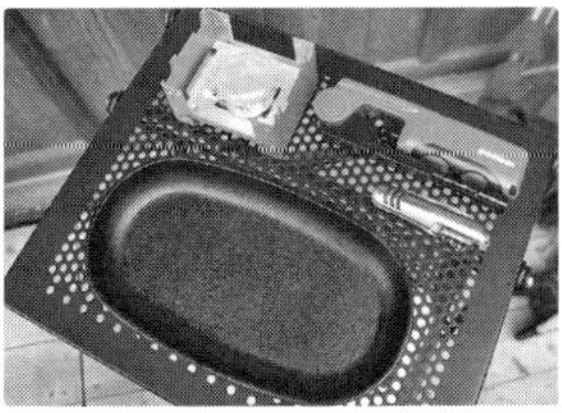

黒光りするプレートが存在感抜群

グラム100円を目安に肉を買う身としては超高級品

油っぽいのはマヨネーズくらいか。しょうがない、これでいいかぁと、火にかけた鉄板に油がわりのマヨネーズをちゅー。燃料に着火すると2、3分で鉄板が温まり、マヨネーズが溶けだしました。まぁ、なんとかいけそうかな。

満を持してプレートへ、肉と、合わせて買っておいた地物野菜のプチトマト、青唐辛子を投入。心配していた火力も問題なく、鉄板からはジューッと景気のいい音がしています。肉の片面に焦げ目がついたら裏返し、順に側面も焼いていく。全面焼けたらニンニク風味のステーキ醤油をどばー。一気に曇るメガネ。そして湯気が晴れ、僕が目の当たりにしたのは、まるで桃源郷のような光景だったのでした……。

これはもう、どこからどう見てもお店のステーキ！　それもとびっきりの！　いったんまな板に移動させてカットし、再び鉄板に戻してみると、いかにも香ばしそうな表面の焦げ目と超レアな断面のコントラストが神々しいほどです。

この荒々しいビジュアルと、焦げた肉に絡みつくニンニク醤油の香り。火がつきましたよね。僕の野性に。

たまらず肉にかぶりつく。うわー、想像の10倍柔らかい！　ぜんぜんステーキでいけるっていうか、もはやステーキのための肉としか思えない。そしてあふれるジューシーな肉汁。高貴なる牛肉の旨味。ニンニク醤油味の力強いサポート。こいつは想像

この厚切り肉の迫力、さながら山脈！

以上だぜ。あきらかに、明確に、自分が人生で焼いてきたステーキ史上いちばんうまい。ケタが違う。

ここでジョッキに注いだビールをぐびぐびー！　はい、もはや理性も吹っ飛びましたね。次から次へと肉を成敗していく。そのつどビールもごくごく。燃料にはまだ火がついたままなので、ステーキがレアから徐々にミディアムに変化していく。その飽きさせなさもまたいい。ふと思い出したように野菜を食べてみると、これがまたふっくらと焼けていてうまい。汗はダラダラ。頭はクラクラ。

いや〜、このお手軽熱々プレートセット、ちょっととんでもなかったですね。家ステーキの満足度が格段に飛躍します。控えめに言って最高。いやいや、それじゃあぜんぜん控え足りないな。控えめに言って宇宙の誕生、ビッグバン。

たった300円で、良い買い物ができたな〜。

〈2020年7月31日〉

たまらん！

いつまでも記憶に残りそうな晩酌となりました

特別寄稿

酒村ゆっけ、私のつつまし酒

朝は苦手な人が過半数だと勝手に決めつけ、生きてきて早20年以上が経過した。起きるという行為が絶望的すぎる。「気持ちのいい朝だ」と漫画の主人公のように起きられる人間は果たして存在するのだろうか。朝起きたとき、好きな人が隣で幸せそうに眠る横顔を見て一瞬で悪夢を吹き飛ばすくらいの幸せを享受しない限りは無理だと断言する。

朝の喫茶店で頼むカフェラテとサラダとゆで卵、そしてバターをたっぷりのせたトーストを頬張るために早起きを頑張った時もあった。ただ、継続することはなく、最終的にこの朝食は睡眠に負けた。そもそも、コーヒーがあまり好きではないという問題もある。

低血圧なのか起きる時がこの世の終わりくらいに辛い。頭は重いし、ネガティブなことが脳内を京王ライナーくらいの速度で駆け巡る。私の場合、大好きな夢の国に行く日ですら、起きるのが辛いので時間遅らせようかと考えるほどだ。

そんな私が、朝を束の間ではあるが、克服した話をしようと思う。それは大阪の新世界での出来事だった。大阪のモーニングセットは起床革命を起こしてくれた。

究極のモーニングセットは、「福政」というお店にあった。立ち飲みができるこぢんまりとした居酒屋で、壁にはメニューがずらりと貼られている。エル字になったカウンターの前にはガラスケースから美味しそうな漬物達が顔をのぞかせている。

なんとここのモーニングセットでは、ジョッキビールもしくはチューハイを選ぶことができるのだ。そこにゆで卵と塩昆布の朝食付きの350円モーニング。私は通りがかりに、このお店の張り紙を見た瞬間、開いた口がふさがらなかった。「寝ぼけているのでは?」と重たい瞼を何度か擦ってもう一度見る。見間違いではないようだ。酒好きにはたまらない内容とコスパに鳥肌が立った。

いつもは動かないぞとずっしりと重量をかける私の体が「ここに行きたい!」と疼いている。肝臓が目覚めを感じて私を突き動かすのだ。こんないい目覚めは、鉄サプリを飲んだ初日以来かもしれない。

大阪のモーニングは率直に言って最高すぎる。朝一で飲む生ビールは格別のうまさ。寝起きでまだ開いていない喉の開通工事をするかのように酒のせせらぎが流れ、塩昆布で胃の準備運動の開始だ。ゆで卵の塩は少し多めに振って、かぶりつく。やや半熟の黄身がとろりと口の中で溶ける。そこにすかさず、ビールを流し込む。米やパンの代わりにビール。ビールも原料は麦なので大差はないだろう。ここで350円をもう一度払って、追加モーニングしてもいい。もしくは、朝から注文できる新鮮な刺身やだし巻き卵、土手焼きなんかを頼んでもいい。

隣にいた紺色のキャップを深くかぶり競馬新聞を読むおじちゃんも、ジョッキを片手に微笑んでいる。朝の覚醒酒の文化がここにはあるのだ。東京で朝の目覚めにレモンサワーなんてニコッとしていたら、奇異の目を向けられたほろ苦い記憶が蘇った。ここに住んだら、早起きできるぞという希望の光が差し込む。同時に自分の中の何かを肯定されたかのような気持ちになった。

ビール2杯で少しほろ酔いになったら、仕事はやめだ。このまま2軒目へ行こうじゃないか。勘定を済ませ暖簾(のれん)をくぐる。朝の太陽に負けじと目を輝かせ、深く深呼吸をする。いつもより空気が美味しく感じるのは気のせいだろうか。まだまだ私の朝は終わらせないと一歩踏み出した。

さかむら　ゆっけ、／文筆・YouTubeなどで活躍する酒テロクリエイター。「一人飲み」をする様子を独特の世界観と言葉で解説する動画が人気を博し、チャンネル登録者数は33万人、総再生回数８０００万回を突破（２０２１年７月現在）。映画と本、酒に溺れる日々を過ごす。著書『無職、ときどきハイボール』（ダイヤモンド社）が発売中。また、『酒に溺れた人魚姫、海の仲間を食い散らかす』（ＫＡＤＯＫＡＷＡ）が、２０２１年８月発売予定。

喫茶店のナポリタンとホッピーセット

「大将、いつものね」

時間は昼どきと夕方の間くらい。地元のなじみの店へふらりと入る。飴色の木製カウンターに着き、「大将、いつものね」と注文。すぐに目の前に、ナカミたっぷりのホッピーセットがやってくる。

ジョッキにホッピーをトクトクトクと注ぐと、シュワーっと爽快な音がして、いよいよ夏本番に突入した蒸し暑さも、ほんの少しだけ和らぐ気がする。そいつを喉へと流しこむ。っくぅ〜、やっぱり効くね、ここのホッピーは。

お、今日のお通しはたけのこの煮物ですか。いいじゃないですか。ピリ辛で、酒のつまみにゃ極上だ。

続けて、「大将、なんか夏らしい、軽いアテない？」と聞くと、無言でトンと、目の前に小鉢がやってくる。ゴーヤのおひたしか。いいねいいいね。そういえば今年初だ

目にも涼しげなひと皿

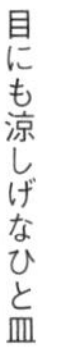

な、ゴーヤ。ポリポリポリ。お、爽やかで苦味もほどよくて、ん？　ほんのりとニンニクが効かせてある？　あ、薄切りのニンニクが入ってるや。いいなぁこのアクセント。またまたホッピーがすすんじゃうなぁ。

お次はそうだな、日替わりから「ほたて貝ひもバターしょうゆ」いってみよう。え？　確か200円だったよね、これ。ずいぶん気前のいい量だね。どれどれ……あちゃ〜、いけないよこれは。貝の旨味に濃いめのバター醤油が絡んで、シャキシャキの食感も小気味よくて、酒がすすんですすんでいけないよ。「大将、ホッピーセット、おかわり」。

あぁ、ずいぶんいい心持ちになってきた。そろそろシメをお願いしようかな。今日のシメは、えーとそうだな……。

すいませんウソでした

って、ここでなにを頼むかはタイトルで完全にネタバレしてますよね。そう「ナポリタン」です。そして、こざかしい茶番劇を大変失礼しました。ここまでの内容、ぜんぶウソ！　今僕がいるのは街のすすけた大衆酒場じゃあないし、目の前にいるのも

またまた無言で、トン

白髪頭の渋〜い大将じゃあありません。若きイケメン店主です。

あ、ぜんぶって言っても、いただいたお酒やつまみは本物ですよ。実はこちら、僕の住んでる石神井公園のお隣、大泉学園という駅の近くに約3年前にオープンした、「大森喫茶酒店」というお店なんです。

どういう店かを具体的に説明しましょう。店主の大森さんは、かつて銀座の名門喫茶店で修業をされた方。やがて独り立ちし、自分のお店を始めることになった際、「お酒が好きだから」というシンプルな理由で、喫茶店と飲み屋のハイブリッドスタイルを思いついたんだそう。

ここ、僕の出た小学校の目と鼻の先にあって、実家に帰るときなんかは毎回通る道なんですね。そこに突然、なんだか不思議な名前のお店ができたもんだから、当初はもちろん気になる。が、しばらく様子を見ていた。なんとなく、昼は喫茶店、夜は酒落たバーになるような、こまっしゃくれた店なのかな〜？　なんて思っていた。ところが、やがて地元の酒飲みたちがにわかに騒ぎだしました。「あの店、やばいぞ」と。で、やっと行ってみたところ、本格ドリップコーヒーや喫茶店的フードメニューやスイーツはもちろんあって、さらに膨大な酒とつまみのメニューが揃っていて、しかも昼から夜までぶっとおしでいつでも飲める。そして、なにを頼んでも安くてうまい。

むしろ飲みすぎちゃうんであんまり近所にあってほしくないタイプの、とんでもない名店だったというわけなんです。

お酒がすすむナポリタン

簡単に「膨大」なんて書いちゃいましたけど、いやもう、本当の本気でメニューが膨大なんですよ。これ、大森さんがぜんぶ考えて、仕込んで、作ってる。どう考えても人間業じゃないような気がするんですが、注文するとちゃ～んと出てくる。しかもですよ？　パンの耳にカレー粉をまぶしてこんがり焼いた「カレーパン耳」なんていう、シンプルなんだけども絶妙にちょうどいいおつまみがあったりするんですが、これが最安品で、なんと１００円！　そりゃあ地元の酒飲みたちも騒ぎだすってもんですよ。

なのでこちらでは、超本格ナポリタンをつまみにホッピーを飲むなんていう、トリッキーな楽しみかたができてしまうんですね。このナポリタンがまたも～、うまい！　ぷりぷりの麺に深みある甘酸っぱさが絡み、そこに自家燻製したベーコンがゴロゴロと入ってる。主食にはもちろんですが、酒のつまみとしての実力もすさまじいナポリ

ウッディーなカウンター

黒板が通常メニュー
ホワイトボードが日替わり

タンなんです。
　飲食店の数は少なくない大泉ですが、わずか3年で確実に街を代表する酒場となってしまった大森喫茶酒店。大森さんがこの場所を選んだのは「偶然ちょうどいい空き物件があったから」だそうで、いやもう本当、その偶然に感謝。他にもいろいろとある喫茶メニューをつまみに飲んでみたいんだけど、なんせメニューが多いもんで、制覇できるのはいつになることやら……。

〈2020年8月7日〉

粉チーズとタバスコでさらに酒が加速！

今夜は絶対、冷凍餃子！

それ以外、考えらんない！

先日、SNS上で「冷凍餃子」がちょっとした話題になっていました。「餃子がどうしたって？」と気になって見てみると、どうやらどこかの家庭のお母さんが、夕飯に冷凍餃子を出したらしい。そしたらお父さんが、喜んで食べていたお子さんに向かって、「これは手抜きなんだよ～」と言ったらしい。というような話でした。

正直、見知らぬ一家のもめごとになど1mmの興味もないのでどうでもいいんですが（あ、「ひどいこと言うお父さんだなー」と思うくらいの感覚はありますよ。念のため）、それよりも、コメント欄に書かれていた、その記事を読んだ人の感想のほうにものすごく興味を持ってしまいました。というのも、そのお父さんに対して憤慨している方々に混じって、おすすめの冷凍餃子の商品名を具体的にあげてる人がちらほらいたんですよね。

そういえば、市販の冷凍餃子の違いって、今まであまり意識したことがないかもしれない。というのも、大好きな「ぎょうざの満洲」に持ち帰り用の冷凍餃子があって、しかも週一で割引デーがある。あのもちもちとした皮と、あっさりなんだけど旨味と食べごたえ満点の餡。その両方が、家庭でも再現度高く味わえるので、なんの疑問も持たず、取り急ぎ家で餃子を食べたくなったら、満洲に行っていた。けど気になるじゃないですか。美味しいらしい冷凍餃子の情報なんて耳にしてしまったら。

はい、なので今夜はもう、絶対の絶対に冷凍餃子で飲みます！　それ以外、考えらんない！

お手並み拝見

コメント欄の情報のなかで僕が気になったのが、次の3品。まず、「スーパーの『ライフ』で40個500円くらいで売ってる鶏餃子」。それから「大阪王将の冷凍餃子」。それから「セブンイレブンの冷凍餃子」。よし、さっそくいつも行ってるライフへ買い出しに行こ〜！

「ライフで40個500円くらいで売ってる鶏餃子」ということだったんですが、ジャ

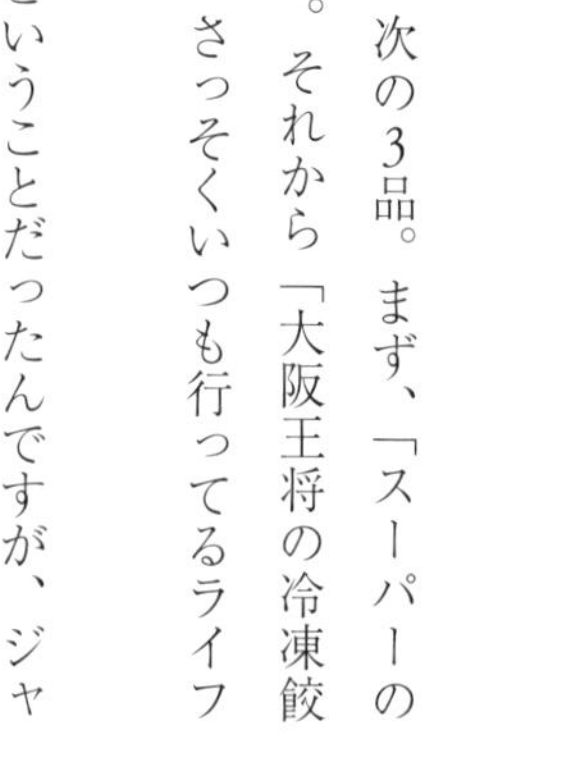

買ってきました

ストなものは見当たらず「ライフで50個600円くらいで売ってる豚肉も入ってる餃子」しかありませんでした。っていうかこれだよね？　たぶん。若干うろ覚えだっただけだよね？　書いた人。違うのかな？　まーいーや。それから「大阪王将の冷凍餃子」。これは、ノーマルの他に「チーズぎょうざ」ってのがあったので、おもしろそうなんでそっちを買ってきてみました。

よ〜し、それじゃあお手並み拝見といきますか〜！

なんでこんなに美味しいの？

まずは大阪王将からいってみます。12個入りで300円くらいだったかな。パッケージにはなんと、「油も水もフタもいらない」って書いてますよ。しかもそれで羽根つき餃子が焼けるんだそう。いきなりの常識崩壊。本当に信じてもいいんでしょうか？

小さめのフライパンに、凍ったままの餃子を並べる。中火で5分焼いたら弱火にし、水気が飛ぶまで約1分。やったことは本当にそれだけです。すごくないですか？　どんな技術力なんだ。

うわ、こわ！

本当に羽根つきで焼けてる！

さっそくジョッキにビールを用意し、いざ実食！　ペリッとひとつをはがして持ち上げ、パクッ。サクッ、じゅわっ。食感がまず、完全にお店で食べる餃子ですね。そして、お、けっこうまろやかで優しい味わいだな。野菜よりも肉が主体で、ふんわりとしてるというか。で、チーズだ。確かにチーズみを感じる。それによって、ごはんのおかずってよりはおつまみ寄りの餃子に仕上がってますね。そんなわけでビールが、うまいうまい。

さて次。ライフの餃子。こちらは、水は使うみたいですね。あと、フタも。これまた冷凍の状態から、トータル6分ほどで焼きあがりました。

いや〜、これまたうまそうじゃん。と、ぱくり。あ！　なんだなんだ、けっこうパンチがありますよ。ニンニクが効いてる。肉はもちろん野菜もたっぷり入ってシャキシャキしてる。こっちはがぜん、ごはんにも合う餃子だな〜。晩酌のときは基本的に白米は食べない僕ですが、たまらず小盛りごはんをよそってきて、こいつをおかずにほおばってしまいました。そしてすかさずビールぐびぐびっ！　いや、最高じゃないすか、冷凍餃子。

翌日、昨日は寄らなかったセブンイレブンで、冷凍餃子も買ってきてみましたよ。これはさらに手間なしで、フライパンすらも使わず、５００W1分40秒、袋ごとレン

町中華で出てきそうなビジュアル

チンするだけ。なんと税込み、１３８円。

　そりゃあさすがに、焼き目のパリッ感はないですよ。ただ、抱え込んでいる旨味の濃さは3品のなかでいちばんかもしれない。またこういうふにゃふにゃ餃子をつまみに飲むってのも、時としていいんですよねぇ。

　ところで、今回買った3種類の餃子は、どれも皮が薄めで小ぶりなタイプでした。もし今これを読まれているなかで、がっつりジャンボ系のおすすめ冷凍餃子をご存知の方、引き続き試してみたいので、よかったら教えてくださ い〜。


〈２０２０年8月17日〉

なんだか艶めかしい

渇望の果てのとんかつ飲み

やってしまいました

お恥ずかしい話、人生で初めて財布をなくしまして……。

あれは世間が現在のような状況に突入する少し前の3月中旬。お酒を飲んだ帰りの電車でしばしうとうとし、最寄駅で降りて、スーパーでちょっと買い物でもして帰ろうかってときに気がついた。財布がない。まさかすられたか……いやいや、間抜けな自分のことだからどこかで出してカバンにしまったつもりが落としたか……。とにかく、絶望的な気分になりつつも交番にだけは届けを出して、翌日、思い出せる限りの各所への問い合わせと、カード類の利用停止手続きをとりました。

体験してみてわかることですが、銀行のカードや健康保険証の再発行に関しては、割とスムーズに進むんですよね。翌日にはすべての手配が終わり、1~2週間も待っていれば新しいものを再発行して郵送してもらえるそう。ありがたいことです。

ところが、免許証だけはそうはいかなかった。最寄りの石神井警察署に行ってみると、更新ではなく再発行の場合、東京都民なら、府中、鮫洲、江東運転免許試験場のどれかに行かなければいけないんだって。どこも家からは近くない。どうしよ〜、なんて考えていたら、まさかのコロナ禍突入。とても電車を乗り継いで行けるムードではない。

そんなこんなで数ヶ月間、手もとに免許証がないというそわそわした状態で過ごしていたところ、なんとこのタイミングで「更新のお知らせ」が届いてしまったのです。僕の誕生日は7月22日で、8月24日までには更新しなさいと書いてある。焦りますよ。調べてみたところ、僕のような珍しいパターンの人というのも世の中にはいるものらしく、試験場に行けば、再発行と更新を一度にお願いすることもできるらしい。

そこでなんとか仕事のスケジュールをやりくりし、ある平日の午後、僕は「府中運転免許試験場」へと向かったのでした。

今日はとんかつ&ビールで決まり！ のはずが……

で、この再発行&更新の手続きが大変だった！ 試験場へ着いたのが午後1時半くらい。平日だし大したこともなかろう、なんてたかを括っていたんですが、「世の中には、こんなにも免許を更新したい人たちがいるの?」っていう、ものすごい人出です。勝手のわからないなか、あっちへ行かされこっちへ行かされ、書類を書いては30分待ち、写真を撮っては30分待ち。マックス眠いなか、30分間の教習ビデオ(これがやたらこわい)を見せられ。

無事新しい免許証を受けとれたのが、なんと5時半。4時間かかりましたよ……。まぁ、すべて免許をなくしてしまった僕が悪いんですけどね。普通の更新の人たちはもっとスイスイ進んでるっぽかったし。

とにかく、基本的になにもせずに待っている時間がほとんどだったとはいえ、身も心もヘトヘト。あと、その日はお昼を食べていなかったので、お腹もペコペコ。ただし! こっちの財布には免許証がある! つまり、久々にものすごい安心感がある! そしてもはや自由放免の身! さっそくどこかでがっつがっつとメシをかっこみながら生ビールを飲んでやる! と歩きだすと、おっと、目の前にとんかつチェーンの「かつや」があるじゃないですか。とんかつ&ビール、いいね。決まり決まり! そう思ってつかつかつかと前進し、ガシッと扉に手をかけると、なんと「コロナの影響で酒類の提供を中止している」との張り紙が! ズコー!

このあたり、駅前じゃないから、他にめぼしい店なんてないんですよね。どうする自分？　とりあえずとんかつ定食を食べて腹を満たす？　つめた〜いお水を飲みながら？　いや、ちょっと今日はそれ無理！　というわけで、断腸の思いで隣のファミリーマートへ行って、店内の商品棚のなかでいちばん今の気分に近いと思われる「メンチカツバーガー」と缶チューハイを買い、駅へ向かう途中の公園をふらふらと歩きながら、涙目で胃に流しこんだのでした。

本当にすごいな、松のや

翌日、当然気持ちはとんかつへのリベンジに燃えています。ただ、地元に大好きな個人店のとんかつ屋さんなんかもあるけど、気分はそっちじゃない。チェーン店のとんかつの、そのリーズナブルさに見合わぬクオリティに驚きながらビールを飲みたい。かつやがダメなら、我が地元には松屋グループの「松のや」があるじゃないか！

　というわけで、今日の現場は松のやです。ここで飲んだことはないけれど、店頭のディスプレイにビールジョッキがあるから間違いなくお酒はあるだろうと入店。券売機の前に立つ。今日はシンプルに「ロースカツ定食」で飲もうとおおよその心は決め

まぁそれも悪くない時間だったんだけど

では、始めます。

てあるので、とりあえずドリンクコーナーのメニューを確認する。と、かなりびっくりしましたね。お酒とおつまみのセットがあれこれあって、そのなかの「中生セット」が、なんと、生ビールにロースカツ、さらに冷奴までついて、税込み620円！　安ぅ！　とんかつ＆白メシのハーモニーは味わえなくなるけど、今日はとんかつ飲みをしに来たんだし、どうせごはんは半分にしてもらおうと思っていたんだ。こっちだな。プラス単品で「茄子味噌」ってのも頼み、よし、方針は固まった。

　間髪入れずにキンキンの生ビールと冷奴が到着。そりゃあ昨日もお酒は飲みましたよ。でも気持ち的には、まだあのヘトヘト状態からの復帰1杯目がすんでない。そこでぐいーーーっと飲んだ生ビールの、体に染みわたること！

　すぐにロースカツと茄子味噌もやってきました。かつは5切れか。僕、とんかつの最初のひと切れは必ず醤油で食べるようにしてるんですよ。好きだから。でも、いったん味の濃いソースに移行するともう醤油には戻れないから。そこで、醤油1、ソース2、特製ソース2というプログラムを決めました。

　サクッ。軽快な衣が、さすが専門店。じゅわっ。うわ、肉、信じられないくらい柔らかい。それからシンプルな醤油味で引き立てられた、豚の旨味と脂の甘み。豚肉LOVE。ビールぐいー……はい報われた！

可憐なお姿

まずは醤油であっさりと

ふた切れめはオーソドックスなほうのソースをドボドボ。こりゃあさすがに間違いない。あ、ビールなくなった。

お酒のおかわりをしようと再び券売機の前に行き、ドリンクコーナーをあらためて眺めてみると、いや、ほんとすごいっすね、松のや。なんとレモンサワーが230円だって。で、実際届いてみると、ちゃ～んとしっかりした量のジョッキ。どうなってるんだろ。

おっと、ここらで茄子味噌を挟んでみるか。よくわからずにサイドメニューのひとつだと思って頼んだんですが、トロトロのナスに甘めの味噌が絡んで、いいつまみですね。温泉玉子まで浮かんで豪華。これ、とんかつにかけたら名古屋のみそかつっぽくなるやつだな。……あれ？　待てよ？　それってつまり、そういうこと？

まるでこの世の真理をひとつ暴いたような気分になり、あわててかつをひと切れ、茄子味噌のなかにドボンと浸す。卵黄を執拗に絡める。かぶりつく！　その瞬間、奥にいた店長がボソッとつぶやく声が、確かに聞こえました。「……とんかつ免許、更新完了」と。

この茄子味噌の存在により1、2、2計画は崩れてしまったけれども味のバリエーションが増え、より充実した晩酌になったことは間違いありません。いや～大満足。

とんかつ&レモンサワーの無敵さ

茄子味噌にかつひと切れをドボン

つーか本当にすごいな、松のや。だって、今日の全品、おかわりのレモンサワーまで入れてトータル、税込み1020円っすよ？　間違いなく訪問頻度上がるなこれは。

あ、そうそう。けっきょくなくしてしまった財布はまだ見つかっておらず、僕はあれからずっと、ひとまずダイソーで300円で買った財布を使い続けているんですが、これがなんだか具合いいんですよね。

金持ちでもないのにやたらと財布が重い原因だったポイントカードの数々。よく行く店でお会計のたびに「あれ？　どこだっけ？」なんて探しながらちまちまためたのに、すべて一瞬で消えてしてしまったことがきっかけとなり、僕、ポイントカードもらう派をやめたんです。今、ペラッペラの財布に入っているのは、免許証、保険証、クレジットカード、銀行のカード2枚、千円札数枚、以上。お酒の話と関係ないけど、このスッキリ感、けっこうクセになります。


〈2020年8月21日〉

としまえん飲みおさめ

としまえんの思い出

今年の8月末をもって、東京都練馬区にある遊園地「としまえん」が閉園してしまうそうです。

僕は生粋の練馬っ子なので、子供のころから遊園地と聞いてまっさきに思い浮かべるのはとしまえん。実際、小中高くらいまでは、家族や友達と何度となく行ったし、僕にとってのものすごく楽しい非日常空間の象徴だった場所と言えるかもしれません。

なんといっても思い出深いのが「アフリカ館」。薄暗くて不気味な館内をジープ型のカートにのって進んでゆくと、先々にどう猛なタイガーや、どっかの先住民のからくり人形たちが待ちかまえていて、我々のことをおどかしてくる。その絶妙なこわさとシュールさで、ある一定の年齢以上の練馬っ子は確実にトラウマをもらっているアトラクションでした。

そしてやっぱり、プール。なんと昭和40年に世界で初めて設置されたという「流れるプール」や、そのやりすぎ感はもはや異常とも言えるウォータースライダー「ハイドロポリス」をはじめとして、さまざまに趣向を凝らしたプールがあり、楽しいにもほどがあった。よく考えると、あんなリゾートがこれまでずっと、家からそう遠くない場所に存在していたんだよなぁ。

それから大人になるにつれ、徐々に足は遠のいていったんですが、再び訪れる機会が増えたのがここ数年。というのも、としまえんの夏のビアガーデンがすっごく良かったんですよね。

おつまみはじゅうぶんすぎる量がコースで出てきて、お酒は飲み放題。しかも会場の場所が、100年以上前にドイツで作られたメリーゴーラウンド「カルーセルエルドラド」の目の前。貴重な機械遺産を眺めながらヘラヘラと好きなだけお酒が飲める。さらに驚いたのがそのサービス精神。例えばラストオーダーが、よくある30分前とかじゃないんですね。制限時間の90分の5分前くらいにスタッフさんが「そろそろラストオーダーですけどなにかご注文ないですか?」と聞いてくれて、ギリギリまで飲ませようとしてくれる。とっとと追い出そうとしない。今年も来年も再来年も、できればまた行きたかったなぁ。

「カルーセルエルドラド」

真夏の遊園地ビール

と、思い出を語りだすといつまでも終わりそうにないのでこのへんにしておいて、そんなとしまえんが閉園してしまうという。それを知ってしばらくは、素直に「寂しいなぁ」なんて思っていたくらいだったのですが、先日、突然思ったんです。「最後にもう1回行っときたい！」と。特に、まだ3歳の娘にとっては確実にラストチャンス。いつか、「お前ははるか昔に存在した『としまえん』という遊園地に行ったことがあるんだぞ」なんて教えてあげれば、娘の人生にとっても何らかのセールスポイントになるじゃないですか。ならないか？　まぁ、とにかく最後に家族で行っとこうと思い立ったわけですよ。

　現在としまえんは、コロナの影響で入場制限中。が、チケットはなんとか購入できて、閉園のちょうど1週間前の8月24日、無事に訪れることができました。

　着いたのが10時前くらい。昔はあんなにだだっ広く見えた園内も、あらためて見るとむしろこぢんまりとした規模に感じますね。そして、そこここに過去の時代から蓄積されてきた〝いなたさ〟が残っていて、それがたまらなく良い。とりあえず娘の喜びそうな「模型列車」に家族でのって、あとは「あれのりたい！」「これのりたい！」

「94年間愛してくれてありがとう」のコピーが泣ける

しっかし天気いいな

っていう子供向けのアトラクションいくつかに娘をのせてやって、真夏ですからね。30分そこそこで「ちょっと涼もう」ということになり、園内の「カリーノ」というレストランへ入りました。

思えばこのレストランでちゃんとごはんを食べた記憶ってあんまりないな。なんて思いながら、取り急ぎ生ビールを補給。真夏の遊園地で飲む生、最高にうまいっすね。

メニューを見ると、1000円くらいで、ハンバーグやらメンチカツやらクリームコロッケやらエビフライやらをあれこれ組み合わせたセットなんかが食べられるようで、こりゃ〜おつまみ選び放題だぞ。「混みはじめるであろう12時のちょっと前くらいにもう一度来て、ここでお昼を食べることにしよう」と決め、再び園の散策を開始しました。

そうそう、今回、せっかく来たので、なにか記念になるオリジナルグッズをおみやげに買って帰りたかったんだよな。と思ってショップに行ってみると、みんな考えることは同じで、すさまじい行列！　でも、見つけてしまったとしまえんの公式キャラクター「としお」のイラスト入りのブルーのTシャツがどうしても欲しいし、妻もロゴ入りタオルが欲しいと言っている。というわけで、ふたりにはゲームコーナーで遊んでおいてもらって、僕が行列に並ぶことにしました。

ビール休憩

「今までありがとう」

30分くらいかかったかな。やっとのことで買い物を終えて家族と落ち合うと、はしゃぎ疲れたのでしょう、娘は買ってもらった風船のおもちゃを胸に、ベビーカーでぐっすりと眠っている。しかたない、とりあえず我々だけでもごはんを食べちゃおうと思い、12時を少し過ぎてしまったけどもレストランへ向かうと、お店の外までず〜っと続く長蛇の列。だめだこりゃ。

最後に「のりおさめ」しておきたいアトラクションなんかもあったんですが、この暑いなか娘をほっとくわけにもいきませんからね。とりあえずもう一度、としまえんに来られた。まぁそれだけでじゅうぶんか。よし、帰ろ。ということになりました。

ただ、本当に最後のわがまま。もう一杯だけとしまえんで「飲みおさめ」をして帰りたい。見れば、カルーセルエルドラド近くの売店で、各種スナック類やアルコールが販売されている。木陰のベンチも空いている。そこでフランクフルトとレモンサワーを購入。「としまえんよ、今までありがとう」と、ちょっと感傷に浸りつつ、キレがあってなかなか酒飲みの好みをわかってらっしゃるレモンサワーを飲み干したのでした。

この場所でやってたビアガーデンで、何度も飲んだな

としまえんは3年後、「練馬城址公園」として整備され、一般開放。一部のエリアは「ハリー・ポッター」の体験型施設になるんだそうで、昨今はとしまえんファンによる、「ハリー・ポッターならＵＳＪにあるじゃん！　としまえんのままがよかった！」なんて嘆きもよく聞きます。もちろん僕もそんな気持ちがなくはないんですが、最近はむしろ、こうなったらそのハリー・ポッターにいちばんのりし、誰よりも早い「ハリポタ酒」を楽しんだろうかな、なんて思ってます。

〈２０２０年8月28日〉

ググラ×ギンギン！　温度差飲み

「ホル鍋」とはなにか？

先日、僕とスズキナオさんが中心となり、信頼できる酒飲みのみなさんに力を借りて作りあげた新しい本『のみタイム　1杯目　家飲みを楽しむ100のアイデア』（スタンド・ブックス）が発売されました。タイトルどおり、家飲みを楽しくするためのアイデアが、役立つものからくだらないものまでぜんぶで100個、延々と載っているという内容なのですが、そのなかのひとつに「それぞれの酒の裏技」という項があります。

裏技なんていうと大袈裟だけど、酒好きたるもの誰しもがひとつふたつ、自分だけの「誰もやってないかもしれないけど、こうやって飲むのが好きなんだよね～」なんてこだわりを持っているもの。それを、SNSを使って事前にアンケートをとってまとめた記事なのですが、みんなよくいろいろ考えるよな～と感心しきりで、本当におもしろい。

たくさんのアンケートから厳選して50個載せた裏技のひとつに、こんなものがありました。

「ホル鍋は卓上コンロでグラグラ言わせながら、酎ハイは冷凍庫で凍る寸前まで冷やして。熱いと冷たいの温度差が極端なほど晩酌が幸せになります」

いきなり「ホル鍋」なる謎のワードが登場しますが、これは、ローソン限定で販売されている、ナガラ食品の「ホルモン鍋」のこと。冷凍で、コンロで温めるだけで熱々のホルモン鍋が食べられるという、酒飲みの間では定番といってもいい商品です。

この投稿をしてくれたのは、実は先輩ライターのとみさわ昭仁さん。とみさわさんとはたびたびお酒の席もご一緒させていただいたりと大変お世話になっていて、僕の知るなかでも人一倍、酒を飲む喜びを純粋に追求し、人生を楽しんでいる方。自らを「マグマ舌」と称するほど熱いものが好きだということも知っていたんですが、なるほど、それと冷た〜いお酒をキメちゃうなんて、さすがとみさわさん。まねせずにはいられない！

よし、今日の晩酌は、ググラグラホル鍋とギンギンチューハイの、温度差飲みに決定だ！

ホル鍋とはこういうやつです。税込み410円

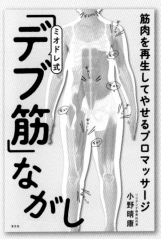

ギンギンチューハイに必要なのは「あのコップ」な気がする

9月に入ったとはいえまだまだ暑いある夕方、僕は、あえてベランダのテーブルに、コンロとホル鍋を用意しました。せっかくのグラホル鍋なので、ガンガン汗をかきながら食べてやろうというわけです。

その前に、実はギンギンチューハイ、ギンチューに関してひとつ、思いついたことがあります。

僕、よくコンビニでアイスコーヒーを買うんですけども、他の季節ならば氷入りのカップを購入してレジ横の専用機で入れる、いわゆるコンビニのオリジナルコーヒーを選ぶことが多い。缶やペットボトルの市販品だと、ブラックか甘すぎるかの二択になりがちだし、そもそも、機械による全自動とはいえ、その場でドリップされるコーヒーのほうがうまい気がしますからね。ところが、真夏にだけは無意識に、スクリュータイプで飲み口が大きめの、アルミ缶のコーヒーを冷蔵ケースから取り出してきて買うことが多い。それはなぜかって、最近気がついたんですが、よく冷えたアルミ缶を手に持ったとき、また、口につけたときのひんやり感、あれが、体感温度的に、プラカップで飲むコーヒーよりも冷たいのが心地いいんですよね。

せっかくなので、あのひんやり感をお酒に応用できないかと考え、思いついたことがあります。タイ料理屋さんにごはんを食べにいくと、飾りの入った銀色の、ペラッペラのアルミ製のコップが出てきません？　あれで飲む水、異様に冷たく感じません？　つまり、よ〜く冷やしたチューハイを、氷たっぷりのタイのアルミコップに入れて飲む。これこそが、最強にギンギンのチューハイなのではないか？　そう考えたわけです。四方手をつくして手に入れましたよ。といっても、家から遠くない吉祥寺の「元祖仲屋むげん堂」でひとつ380円で売っていたんですけど、それを見つけるまであちこち電話しまくってね。

ではいよいよ、グラグラ×ギンギンの温度差晩酌を始めていきましょう〜。

この世でいちばん冷たい飲みもの

このホル鍋、自分なりにカスタマイズして食べるのが最高に楽しいのは、酒飲み諸氏の知るとおり。というわけで僕はトッピングに、豆腐、唐辛子、たっぷりの長ネギを用意しました。

コンロにのせて火をつける。とたんに、自宅のベランダが大衆ホルモン屋の香りに

ホルモンがごろっごろ！

包まれます。照りつける日射しも熱いが、顔も熱い。だが、それがいい。

3分もすればホルモンは食べごろに。まずはスタンダードな状態で、ホルモンをひとつふたつつまんでみます。ぷりぷり、シャキシャキ、脂身のところがたまにふわふわ。くさみなく、甘みを抑えた濃いめの醤油味に染まったホルモンがたまりませんね。そしたらそこにネギと唐辛子を投入。火が通るのを待つ間、アルミコップチューハイを試してみますか。

氷をたっぷりと入れたコップに、タカラ「焼酎ハイボール」のドライをトクトクトクと注ぐ。とたんに汗をかくコップの表面。そっと手に持つと、触れた指が冷たい！ゆっくりと口へ運ぶ。あ、こんどはくちびるが冷たい！　ごくりとひと口。これはすごいぞ。歯に染みるほどのギンギンさ。かき氷をあわてて食べたときみたいにこめかみがキーンと痛くなる。いつも氷を入れたグラスで飲んでいるのの10倍くらい冷たく感じますよ、本気で。

さて、ネギがすっかりクタクタになり、ホル鍋のほうも本気を出してきました。グラグラと湯だつ鍋に直接箸を突っこみ、唐辛子ネギホルモンを口へ運ぶ。熱っつ！うま。それを10冷チューハイで迎え撃つ。ち、ちべてー！　さ、最高……。

汗だくになりながらホル鍋を半分くらい平らげたら、汁がちょっと少なくなってき

またまたいい買い物をした

豆腐は正義

たので水とめんつゆを足して、大好物の豆腐を追加。もちろん、熱したときに木綿よりもずいぶん熱い気がする絹をチョイス。グラグラと煮たててほおばる。うお～、あっつい！　いやむしろ、あっふぃ！　冷やせ冷やせ、口のなかをチューハイで！　あ～、楽しすぎるなこれは。

僕、この世で純粋にいちばん美味しい食べ物って、「カレーライス」か「鍋のあとの雑炊」のどちらかだと思ってるんですよ。はい、いっちゃいましょう。ひととおり堪能し、しかしあえてほんの少しだけ具を残してある鍋に、ごはんと溶き卵を。グッグツグツ。とたんに茶色く染まる米と、半熟に固まりだす卵。罪深いな～これは。何年かの懲役をくらったとて文句は言えないほどに罪深い。

と、ここでチューハイがなくなり、お酒のおかわりがしたい。で、冷凍庫のなかのとある存在を思いだしたんですよね。これも先ほどの「酒の裏技」きっかけで今年思いついたんですが、最近、カップ酒を冷凍庫にほうりこんでおいて、シャリシャリのフローズン状になったやつで晩酌するのにハマってるんですよ。確かあったよな、ストック。

おもむろにフタを開け、空になったアルミコップにばしゃりと注ぐ。するとなんと、コップの表面にみるみる霜がはりだすじゃないですか。まるでそこだけが雪国の風景。

パーフェクト・ワールド

冷凍ワンカップ

へ〜、そこまでか！　さっそく飲んでみようと持ち上げると、その冷たさは、手やくちびるがコップにはりつくんじゃないかってほど。やっぱいな、これ、この世でいちばん冷たい飲みものなんじゃないの？

相変わらずグラグラの濃厚ホルモン雑炊と、世界最冷の酒。どちらも米と米なので相性もばっちり。はは、もしかして天才なんじゃないかしら？　僕。なんてことを思える数少ないシーンって、生きていて酒を飲んでいるときだけですよね。

いや〜、幸せな晩酌だった。今すぐに同じコースをもう一周やり直したいくらいです。

〈2020年9月4日〉

「水キムチ」のある生活

ほんのり悶々とした日々

京都、大阪、神戸などにそれぞれ何人かの飲み友達が住んでいて、関西に行く際は必ず連絡し、タイミングが合えば遊んでもらったりしています。インターネットがこれだけ発達した時代、連絡はいつでも気軽にとりあえるし、思い立ったらWEB飲みをすることもできる。とはいえ、どうしても距離的なカルチャーの違いというものを感じることはあって、「なんか最近、関西勢のみんながおんなじ話題で盛りあがってて楽しそうだな〜」と指をくわえつつ眺めているなんてことがけっこうあります。

「え？　なんで突然みんな粕汁にハマりだしたの？　こっちであんまり食べられる店ないんだけど！」みたいな。

最近だと「水キムチ」がそう。生まれてこのかた、そんな単語、聞いたことないですよ僕は。なのに関西のほうからやたらと「水キムチうめー」なんて声が聞こえてくる。しかもですよ？　しめしあわせたかのように、「サッポロ一番 塩らーめん」の冷製アレンジに水キムチを加えて食べている。「なにそれなにそれ？　僕も仲間にい〜れ〜て！」と気軽に言える性格ならどんなに生きやすいだろうと思う。しかしその一言が言えない。結果、「水キムチってなんなんだよぉ〜……」と、ほんのり悶々(もんもん)とした日々を過ごすことになります。

充実のキムチライフ

状況が変わったのはつい数日前。仕事というほどのものでもない、ちょっとしたお手伝いをさせてもらった関西の友達のひとりが、「なにもお礼できないのは悪いので」と、大阪鶴橋の美味しいキムチあれこれを送ってくれたのですが、そのなかに入ってたんですよね。水キムチが！

水キムチは別に関西の名物というわけではなく、キムチというだけあって、韓国発祥のものらしい。一般的なキムチとはまったくの別物で、もち米粉を水でといた「のり」と呼ばれるものなどを加えた汁に野菜を浸しておくと、乳酸発酵の力で、翌日くらいにはもう美味しいお漬物になるらしい。野菜はもちろん、その漬け汁も栄養満点かつ美味しいらしい。そういうものなんだそうです。それを『ごろごろ、神戸。』などの著書を持つ作家、平民金子さんが気に入り、徐々に関西の飲み友達の間に広まっていたというわけだったんですね。

さっそく、驚くほどたくさんの種類を送ってもらってしまった、大阪「豊田商店」のキムチ他で晩酌を始めましょう。まだ開封できていないものもあるんですが、初日のラインナップは「水キムチ」「きゅうりキムチ」、それから「チャンジャ」と「岩海苔味付け」の4種類。

で、このキムチがどれもうまい！　好きなのでスーパーでもよく買うんですが、やっぱりそれとは別物。どれも見た目の印象に反して、素材の味を活かした淡めの味つけになっていて、体が喜ぶありがた〜い味わい。しかもです。最近毎日のようにこのキムチたちを食べているんですが、日を追うごとに酸味や風味が増し、力強い味になっていく。1日でこうも変わるか！　と驚くほど。その変化も楽しく、大変充実したキムチライフを送らせてもらっている昨今です。

家にキムチが売るほどある幸せ

「冷製サポ塩コリアン水キムチスペシャル」

肝心の水キムチが、これがまた驚くべきうまさ。いわゆる浅漬けに近い味わいながら、大根が甘く、ほんのりとしたショウガや唐辛子の風味がアクセントとなり、滋味深い酸味が体に染みわたるようで、確かにスープだけでも極上のつまみになるんですね。これまた、1日1日味が変わっていくので気が抜けない。調べてみたところ、米のとぎ汁などを使って自作することもできるそうなので、こんど作ってみようかなぁ。

ところで、水キムチを手に入れたら絶対にやってみたかった食べかたがありました。それが冒頭でもふれた、サッポロ一番を使ったアレンジ。平民金子さんが発明し、「冷製サポ塩コリアン水キムチスペシャル」（妙に口に出して言いたくなる語感）と命名したんだそうで、最近、関西勢がこぞって作っては食べている。具体的には「サッポロ一番　塩らーめん」をゆで、水で締め、氷水にスープの素を溶かして食べる、サポ塩の冷製アレンジ。そのスープに適量、水キムチの漬け汁を加えたものらしい。

見よう見まねで作ってみましたよ。まずは、冷製サポ塩コリアン水キムチスペシャル、略して〝冷サ塩コリ水キムSP〟によく合うらしいオクラをさっと湯がく。そしたらそのお湯で、豚肉をゆでて冷しゃぶにする。そのままのせたんじゃ味気ないだろ

ちなみに水キムチとはこういうもの

うと、そのふたつを食品用ビニール袋に入れ、水キムチのつけ汁を加えてもみこんでおく。麺をゆでて水で締める。ラーメンどんぶりに氷水をいれ、若干薄味になるようにサポ塩のスープの素をとかす。そこでちょっと味見をしてみると、すでにめちゃくちゃうまい。この粉、水に溶かすだけでこんなに美味しかったんだなと驚きつつ、そこに水キム汁を加えてゆく。サポ：水キムを2：1くらいにしてみたところちょっと水キムが勝ちすぎたので、3：1くらいに調整。なるほど、この汁を加えることにより、がぜん冷麺感が出るんだな。ものすっごくうまい！　そしたらすべてを盛りつけ、メンマを意識して細切りにした大根の水キムチと、いろどり&酸味要員の輪切りトマトとレモンを加え、サポ塩付属のふりかけをふって完成！

……かなり手間のかかる料理だな。が、いざ食べてみたところ、その手間がまったく惜しくないと感じられる、満足感ある一食でございました。

水キムチはもちろん、店によっても、そして日を追うごとにも味が変化する。スープに加える割合も、そこに加える具材もバリエーションは無限大。冷サ塩コリ水キムSP、平民金子さんが、1年365日、1095食（公称）食べているというのもうなずける、奥深い世界だと感じましたね。

〈2020年9月11日〉

パリッコ作

市場食堂のカレーライスと瓶ビール

突如訪れた「市場飲み」チャンス

「用賀」という、僕のこれまでの人生にほぼ縁もゆかりもなかった街を仕事で訪れました。

とある編集部で2時間半くらい、打ち合わせやら取材やらをみっちりとやって、終わったのは午後3時半。適度に疲れ、まだお昼を食べてないのでお腹も空いている。これ、見知らぬ街&酒場好きの僕としてはたまらなくテンションの上がるシチュエーションです。さ〜て、どんな店に入ってどんなものを食ってやろうか！　ついでにどんな酒を飲んでやろうか！　ってね。

ただ今日は、午後6時にはまた次の仕事の待ち合わせがある。あんまり時間的猶予はない。そこで、編集部を出るなりスマホの地図アプリを立ち上げ、駅周辺の地理を把握します。建物を出たらどっち方面に進めばなるべく昔ながらの商店が残ってるエリアがあるかな～？　と。するとですね、駅からはちょっと歩くようなんですが、「世田谷市場」なる市場があるのを発見。これは気になりますよ。もしかして、一般人の僕でも入れる食堂なんかもあるんじゃないか？　検索してみると、はたしてあるっぽい。よし、迷ってるヒマはない。とりあえず向かってみよう。というわけで、今日の目標は「市場飲み」！

ただし10分一本勝負

スタスタと早足で、15分くらいは歩いたかな？　世田谷市場に到着。なかなか立派な市場ですね～。

ちなみに「東京都中央卸売市場」のサイトを見ると、世田谷市場は「青果と花きを扱う市場として、青果部が昭和47年から、花き部は平成13年から業務を開始」したんだそう。うんうん、なかなか歴史のある市場なんですね～……って、ちょっと待って。「花き」って何？　聞いたことないんだけど。と思ってこちらも調べてみると、花きとは、お花に限らず、葉物、枝物、観葉植物、盆栽、芝生、苔などなど、観賞用の植物全般を指す言葉なんだそうです。漢字で書くと「花卉」。いや～、生きてると無限

「世田谷市場」

に出会いますよね、知らない言葉。

えっと、なんの話だっけ？　そうだ。僕は今、そんな世田谷市場の食堂に向かっていたんでした。建物沿いに進んでいくと、お、あったあった。「キッチンマルシェせたがや」。ここがそうっぽいですね。

お店の前にメニューが貼られていますが、これがもう非常に「正しき食堂！」って感じでいいんですよね。ラーメンが550円、カレーライスも550円、たぬきうどん／そばなら450円。で、お、ビールあるぞ！　無事飲める。さ〜て、どれにしようかな〜、なんて見進めていって重大な問題が発覚。営業、午後4時までって書いてあるじゃん！　今、3時50分ですよ……。いけるのか？　いや、普通に考えて無理でしょ。ラストオーダー終わってますよね。まぁしゃあない。ダメもとで行ってみっか、と、扉を開けてみます。

広々とした店内に、お客さんは誰もいない。店員のお姉さんも奥でなにやら作業をしている。おそるおそる「すみませ〜ん……もう終わっちゃいました？」と声をかけてみます。すると満面の笑みで「大丈夫ですよ！」とのお返事。わーん！

まずはお盆をとって、レーンに沿って進みつつ、注文＆お会計をするという社食や学食的なシステムのようです。グランドメニューの他に、冷蔵ガラスケースには小鉢

広い市場の片隅にぽつんとありました

メニューも非常にそそられる

のおかずなんかがあれこれ並んでいて、だいぶ歯抜けになってはいるけど、どれもそそられる。

ふだんだったらここから2～3皿とって、まずは瓶ビールを1本やっつけて、お腹に余裕があればミニカレーをとって、缶ビールのつまみにするか……なんて計画を立てるところなんですが、今日は10分一本勝負ですからね。そんな悠長なことをしている余裕はない。ぱっと目についた「温玉納豆」180円也をお盆にのせてレジへ向かい、これまでの人生でいちども裏切られたことのない大好物、「カレーライス」を注文。小瓶ビールも。もうちょいあれこれ悩む時間も楽しみたかったけどしかたない。

今日はこれが最適解でしょう！

猛烈な勢いでカレーをかっこみつつ、飲む！

注文と同時に出てきたカレーライスをお盆にのせ、席を確保し、冷蔵ケースからビールを持ってきて準備完了。途中で焦ったりもしたけど、なんとか無事、昼飲みタイムが開始できそうですね。

トクトクトクトクとグラスにビールを注ぎ、ぐいっとひと口。ふぅ～、働いて、歩いて、

もっと時間があったら楽しいんだろうな～

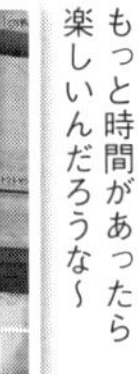

焦ったあとのよく冷えたビール、問答無用にうまい。
温玉納豆の玉子、かなり絶妙な火の通し具合となってまして、特に黄身の部分なんてゆでと半熟のちょうど中間のペースト状。これにタレとカラシを加えて一気呵成（かせい）にかき混ぜ、すすりこむ。家でもよく、納豆と生卵を混ぜただけのものをちびちびとつまみにすることがあるんですが、あのゆるゆるのやる気なさとはまったくの別物ですね、これは。ふわっふわのとろっとろで、濃厚で、めちゃくちゃ満足度の高い一品料理。

さてカレーだ。かなりもったり度の高いソースに真っ赤な福神漬け。しかも福神漬けはとり放題！　僕のいちばん好きなタイプのカレーで嬉しくなっちゃうな。

たっぷりのごはんとともにスプーンで豪快にすくってひと口。あ〜、そうそう、これこれ！　甘酸っぱくてほんのりスパイシーな、ザ・日本のカレー！　うますぎる〜、なんてもぐもぐやっていて気がつきました。やば、閉店まであと5分じゃん！

というわけでスイッチを入れ、ガッツガッツとカレーをかっこんでいく。うん、でもちょうどよかったかもしれない。このカレーは、ガッツガッツとかっこんでこその、いわゆるそういうカレーだ。ビールぐびぐび。温玉納豆ズルズル。

残念ながら時間を5分ほどオーバーしてしまいましたが、お姉さんは嫌な顔ひとつ

う〜む、良い景色

正しき日本のカレーライス

せず、その対応が心から嬉しいです。と、ちょっと駆け足にはなってしまったものの、しっかりと市場飲みを満喫することができました。ふぅ～、ごちそうさまでした！

またゆっくりと来たいな～、ここ。

〈2020年9月18日〉

突然の野外鍋焼きうどん

ある日、「天国酒場」へ

先日、僕の新しい本『天国酒場』（柏書房）が発売されました。

ふだん何気なく生活をしていると見過ごしてしまいがちなんだけど、すごく有名な景勝地というわけではない大きな公園のなかとか、川沿いとかに、突然ぽつんと一軒の茶屋が建っていたりする。思いきって入ってみると、思いもよらぬ絶景をつまみにお酒が飲めたりする。そんな「日常の隣にある非日常」的なお店ばかりの探訪記。かれこれ10年近くもライフワーク的に巡ったお店たちのことを1冊の本に記録でき、個人的にもすごく嬉しい内容になってますので、もしよかったら気にかけてやってくださいね（宣伝）。

さて、そういう関係もあって先日、埼玉県飯能市にある「橋本屋」という天国酒場に行く機会がありました。午前中に家を出て、こういうご時世ですし、そもそも僕が天国酒場と定義するようなお店は営業時間が気まぐれなことも多い。駅に向かいながら、念のため女将さんに「今日は営業されてますか？」と電話をしてみると、「その予定だけど、開けられるのは12時半くらいになるかな？」とのこと。あらら、飯能の街にはその1時間くらい前には着いてしまいそうです。となるとどこかで時間を潰さないとな～。

困ったときは100均へGO！

電車で向かいながら考える。駅前に大好きな「ぎょうざの満洲」があったから、そこで軽く飲みながら待つなんてのはもちろんいい。でも、飯能はとっても自然豊かな街。橋本屋の建つ入間川沿いの河原にはバーベキュー可能エリアもある。せっかくだからそこであったかいもんでもつまみにしつつ、飲みながら待つというのはどうだろう？　いや、そりゃあもちろん最高に決まってますよね。

ただ、バーベキューの道具なんて持ってきてないし、夏も過ぎてしまったので気軽にレンタルできるお店もないだろう。あ、駅ビルにでっかい100均が入ってたはず。そこで手に入るものでなんとかなるんじゃないか？　そう思いつき、とりあえず向かってみることに。

到着してフロアを徘徊。すると、最近の100均は本当にすごいっすね。だって、300円で1時間ほど燃焼し続けるという、使い捨てのバーベキューコンロが普通に売ってるんだもん。これ買えば万事解決。なんですけど、ちょっと今日の気分じゃないかもしれないなぁ。というのも、買い物やら移動やらを考えると、1時間も優雅にバーベキューをしてるほどの時間はないんですよね。なにか他にないか？　こんなとき頼りになるのが、そう「固形燃料」。温泉旅館の食事でよく、鍋の下に置いてある、水色のキャンドルみたいなあれですね。3個100円。これで、コンビニで売ってるできあいのアルミ鍋をあっためるというのはどうだろう？　最近急に肌寒くなってきたことだし、うん、いいじゃんいいじゃん！　というわけで、使えそうなものをあれこれ購入し、河原へと向かいましょう。

肌寒さとあったか鍋のハーモニー

買ったのは、まず固形燃料とライター。燃料を直接地面に置くわけにはいかないので、ステンレス製のトレイ。それから、発見したときに心のなかで「おあつらえむ

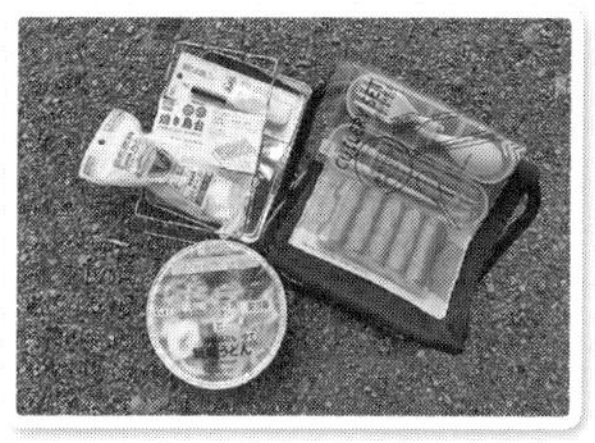

こんなものたちを買ってきてみました

き！」と叫んでしまった「焼き鳥台」なる商品。この上に鍋を置けば、高さもちょうどよさそうです。スプーンもあったほうがいいだろうと、組み立て式のカトラリーセット。そして忘れてならない、折りたたみ椅子！　椅子だけが150円でしたが、締めて650円＋税で、簡易野外鍋ダイニングセットを揃えることができました。

実はさっきから、小雨が降ったりやんだりしてるんですが、大きな木の下に陣取れたので無問題。いや、陣取るっていうか、河原に人なんて僕しかいないんですけどね。

ところが別の問題発生。なんと、買ってきた「鍋焼きうどん」の底が小さく、台の上にのりません。そこで、大きめの石を拾ってきてあれやこれやと試行錯誤し、不格好ながらもなんとかセッティング完了。

固形燃料に火をつけると、ゆっくり、ゆっくりと温まりだす鍋。こりゃあけっこう時間がかかりそうだ。しとしとと雨の降る川面と、その先の美しい「割岩橋」でも眺めつつ、のんびりとハイボールでも飲みながら待ちましょうかね。いえ、ご心配には及びません。こういう突発的しみったれ酒シチュエーションには慣れていて、鍋が温まる間のつなぎとして、カニカマも買ってありますので。

カニカマもぐもぐ。ハイボールちびちび。意外とこれだけでも楽しいな。なんてことをやってると、いよいよ鍋が食べごろに。よし、残ってるカニカマも具にしちゃ

巨木に抱かれる安心感

苦労のあとが見てとれますね

え！ なんて効率的。

顔を近づけると漂う上品なだしの香り。注意深く箸で持ち上げ、すすりこむうどんの驚くべきコシ。各種具材の質の高さ。最近のコンビニの企業努力は本当にすごいよな。加えてこのシチュエーション。想像の7～11倍は美味しい鍋焼きうどんですよこれは。あったまるわ～。ハイボールすすむわ～。

と、すべての具材をたいらげ、おそるおそる鍋のフチを持ってみる。お、熱くない。持てるぞ。というわけで、旨味たっぷりの汁まで一滴残らずつまみにし、充実の野外鍋焼きうどん飲み、完了です。

ひとつだけ惜しむらくは、最後に卵を加えられなかったことかな。コンビニで合わせて温泉玉子のひとつでも買っとけばよかったんだ。さっきは場慣れしてるみたいな生意気なことをぬかしてしまいましたが、やっぱりまだまだですねぇ。僕も。

〈2020年9月25日〉

いろいろあったけど、野外鍋開始

ほわりと温まった鍋焼きうどん

解放！ ごほうび！ そば屋飲み

肉体&精神的限界の末に

大変ありがたいことに、今年の8、9月の2ヶ月間で、『のみタイム　1杯目　家飲みを楽しむ100のアイデア』『天国酒場』『晩酌わくわく！　アイデアレシピ』（ele-king　books）と、立て続けに3冊の新刊本を出版させてもらうことができました。いつも応援してくださる読者のみなさまのおかげと、心から感謝しております。

ところで、本を出版するにあたっては当然、原稿の執筆を中心としたさまざまな作業が生じます。『のみタイム』なら書き下ろしなので、共著者であるスズキナオさんやその他協力者の方々と分担しつつも、数十個ぶんの家飲みアイデアを考え、実践し、写真を撮り、原稿を書かなければいけない。『天国酒場』はWEB連載をもとにした本ですが、やはり原稿の加筆修正や、掲載するすべての写真の選別と調整作業がた～んとある。『晩酌わくわく！　アイデアレシピ』は、これまでにいろいろな媒体で発表

してきたアイデアレシピをまとめたもので、新たに文章を書き直し、過去の写真を探してきて、選別調整するという作業がこれまたたっぷり。加えて、細々（こまごま）とした連絡、確認事項、打ち合わせ、本が完成に近づけば、それぞれを何度も読み直しながらの校正&赤入れ作業のくり返し。もちろん、その他のふだんの仕事も行いながら。

好きでやってる仕事なので精神的には苦にならないというかむしろ楽しいんですが、とにかく作業量が多いから時間との戦いになる。編集者さんやデザイナーさんをはじめとした関係者にはなるべく迷惑をかけたくないので（とかいってだいぶ迷惑かけてしまった気もしますが）、日々焦りがつのる。僕は朝型人間なので、日に日に起床時間が早まり、目覚ましの時間が5時↓4時↓3時と、それははたして朝なのか？ という領域に突入してゆくことになります。

そんな生活が3ヶ月くらい続き、さすがに肉体&精神が消耗しつくしかけた9月の初旬。時刻は午後2時すぎ。ついに、3冊ぶんのすべての作業を終えることができました。

徹夜に近い状態で、前日の夜からごはんも食べていない。正直、肉体的には限界で、今すぐにでも布団にばたーんと倒れこみたい。けれども精神のほうは、かつてないまでの解放感で完全にハイになっている。

よし、いったん欲望のおもむくままに、飲んで食べよう！　それから思うさま寝よう！

よ〜し、飲んじゃうぞ〜！

さてさて、どこでなにを食べ飲もうか。脳みその機能はもはや使いはたしてしまっているので、あまり考えることができません。あと、わざわざ駅前まで行って、お店を選んで、なんてやってる余裕もない。そうだ、仕事場の近くに一軒そば屋があって、前からいつか行ってみようと思ってたんだ。そば屋飲みなんてごほうび感満点で、今日ほどちょうどいい日はないじゃないですか。きっと、ちょっとしたおつまみとビールに日本酒くらいはあるでしょ。

と、やってきたのは、いかにも昔ながらの街のおそば屋さんという佇まいの「朝日屋」さん。清潔で明るくて気取ったところのない、大変居心地のいいお店ですね。席についただけで名店の予感……。

さてメニューはどんなだ？　冷たいそば／うどん、温かいそば／うどん、あれこれ揃ってるな。それからきしめん、鍋焼きうどん、カレーライスにかつ丼あたりはもち

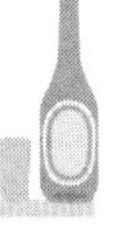

ろん、はは、チャーハンまである！　そうそう、こういう店ですよ。老舗そば屋でやる「蕎麦前」ほど粋なものじゃない、あくまで「そば屋飲み」にふさわしいのは。メニューを裏返してみると、ビール、日本酒に加え、嬉しいことにチューハイまであって、値段もお手頃。さらにちょっとしたおつまみもあれこれある。完璧じゃないですか。よ～し、飲んじゃうぞ～！

まさに「ごほうび」タイム

まずは瓶ビールに冷奴、それから、そば屋飲みの定番といえば天ぷらですが、ちょっと変化球でフライの3点盛りを頼んでみます。

すぐにビールとサービスのタクアン、冷奴がやってきました。とくんとくんとグラスに注ぎ、ごくごくごくーっと一気に飲み干す！　わ！　なんだなんだ、この心と体に染みわたる夢のような液体は!?　あ、そうかビールか。そうだったそうだった。このひと口で張りつめていた緊張の糸がぷっつりと切れたのか、ものすご～く心身がリラックスしだしましたよ。

タクアンをぽりぽりとかじる。えー！　タクアンってこんなに美味しいものだっ

お酒&おつまみメニューは、と……

泣いちゃいそう

け!? またしてもビールぐいー。冷奴に醤油を回しかけ、ひと口。ふわー、ちゃんとおろしたショウガ、ちゃんと刻んだネギ、ちゃんと削ったかつお節、ちゃんとづくしの冷奴、これまたなんてうまいんだ。

追ってフライ盛りも到着。イカ、キス、コロッケのようですね。大好きなイカフライのぷりんとした食感、自家製コロッケの滋味深さ、そしてキスのほっくほくの身。カラリと軽快な衣に包まれたフライ3兄弟、そしてビール。それはまるで、砂漠のように乾ききっていた僕の心と体を潤す、恵みの雨……。

なんてうっとりしていたら、あ、ビールがなくなった。そば屋飲みならここで日本酒に行くのが定石でしょうが、すみません、今日ばかりは欲望にまかせ、やりたい放題やらせていただきます。

「すいませ〜ん、チューハイください!」

すぐにやってきたチューハイの、丸っこいジョッキの可愛らしさ。頼もしい量。思わず目尻が下がってしまう。1枚の輪切りレモン。飲み慣れたプレーンなチューハイとは違い、どちらかというと甘みのあるレモンサワー的な味なんですが、むしろ今日の疲れた体にはこれがちょうどいい。

はぁ、3ヶ月前は到底超えられない山に思えたけど、やれば終わるもんだなぁ、仕

そうこうしていると……

なんて爽やかな見た目

事って。だからこそ、この一杯がうますぎる。

シメはもちろんそばで

この時点ですでに酔いもお腹もずいぶん満足だったのですが、最後にそばを食べないことにはですよね。スルっと「もりそば」をいただいて帰りましょ。

しばらくしてやってきたのは、清楚でありながらボリュームたっぷり。朝日屋の魅力を体現するようなそばでした。

むっちりとした食感で食べでのあるそばを、キリッとしょっぱくて出汁の香り強烈なつゆに容赦なく浸し、ズルズルーっとすする。あぁ、そばって、なんでこんなにもうまいんだろうか。

ズルー、ごくごく。ズルー、ごくごく。夢中で食べ飲みすすめ、良きところで出してもらったそば湯で最後の最後まで堪能。

はぁ、完全に復活しましたよ。しかも今から、とっぷりと寝ていいわけでしょ？ 起きたら新しい人間に生まれ変わっちゃってるんじゃないかしら？ 僕。

〈2020年10月9日〉

日本人で良かった

自室でこっそり鴨ネギ陶板焼き

たぬき？ の……なに？

いわゆる骨董品屋ではなく、街によくあるリサイクルショップを見かけると、つい立ち寄ってしまいます。まっすぐに向かうのはキッチングッズのコーナー。ここで、なにか自分の心の琴線に触れるような味わいあふれる酒器や食器はないか？ 使ってみたい！ とワクワクするような調理器具はないか？ と、チェックする。酒を飲むこと以外にそんなに趣味がないと思っていた自分ですが、そういえばこの〝リサイクルショップあさり〟は趣味のひとつと言えるかもしれません。

特に「たぬきモチーフ」のグッズなんかを見つけると、購入のハードルがかなり低くなってしまいますね。先日も、板橋区のとある街を徘徊していてふらりと入ったリサイクルショップで、心ときめく〝たぬきッチングッズ〟と出会ってしまいました。

その日はいつになく豊作で、ちょっと珍しいデザインのぐいのみや、懐かしいサン

こういうものなんですけど

トリービールのペンギンキャラが描かれたグラス、ミロのマグカップなど、5点ほどの掘り出し物をゲット。

なかでもひときわ異彩を放っていたのが、おそらくたぬきがモチーフになっていると思われる、陶器製の何らかの道具。一瞬「灰皿かな?」とも思いましたが、よくよく構造を見ると違いそう。上部中央に丸い素焼きのパーツがはまっていて、ここにちょうどぴったり固形燃料が入ったりしそう。どうやって使うのかを想像するのも楽しいですし、そもそもギリギリたぬきに見えるような見えないようなデザインがかわいすぎる。かさばりそうだけど、出会いは一期一会！　と購入を決意しました。

ちなみにそこは、基本値札のないお店で、5点の商品を手におそるおそるレジへと向かい、中東系の外国人と思われる店員さんに「おいくらですか?」と聞くと、向こうも不安そうに「ウ〜ン、ゼンブデ500エン……タカイ?」と聞かれたんですが、いや、安い安い！　安すぎる！

意外とお手頃だった「陶板」

家に帰り、例のたぬきを上から下から眺め回してみる。やっぱりどう見ても調理器具だよなぁ。そこでふと思いつき、「たぬき　固形燃料」などのキーワードで検索してみたところ、判明しましたよこいつの正体が。たぬき＋鍋で「たなべ」という商品名の、やはりひとり用の鍋セットらしい。しかも、オークションサイトなどの写真を見ると、どれもちょうどいいサイズの鍋がのっている。なるほどそういうことか、これ、いわゆる欠品。どういう経緯か、鍋セットの土台だけが単体で売られていたものだったわけなんですね。

いやいや、ぜんぜんオッケー。ちょうどいいサイズの鍋なんてうちにもあるし。でも待てよ、せっかくだからこのたぬきに似合う、僕なりの素敵な帽子を見つけてあげたい。そこで思いついたのが「陶板焼き」。

旅館の夕食でよく出てきますよね。固形燃料をセットできる土台の上に、陶器製の板というか皿というかがのせてある。そこで肉や野菜をじっくり焼いて食べる、なんともいえないワクワク感のある料理。あの「陶板」だけが手に入らないかと通販サイトを調べてみると、あるもんですね、いろいろ。そのなかからサイズがちょうどよくてデザインも気に入った「三陶　萬古焼(ばんこやき)ひとり石焼陶板　16・3ｃｍ」というのを買ってみることにしました。値段は意外にも手頃で、1000円ちょっと。こうやって、家にどんどん、たまにしか使わないキッチングッズが増殖していくんですけどね。

数日後に届いた陶板焼きプレートをたぬきの土台にのせ、いよいよ陶板飲みを始めていきたいと思います。買っておいた食材は、岩手県産合鴨のももスライスとつくねのセット。奮発して、220g入り780円！　それと長ねぎ。スペースに限りのあるプレートなのでよくばらず、そのふたつの食材のみのシンプルな「鴨ネギ」焼きを楽しむことにしましょう。

「油がはねない」ならば

ところでそもそも陶板焼きのメリットはというと、まず、熱の伝わりかたが柔らかいので焦げにくく、食材がふっくらジューシーに焼きあがるんだそうです。また、そのまま食器として食卓に出しても違和感がなく、陶板が温かいのでしばらくは熱々がキープされる。さらに、鉄製の鋳物製品などと違い、洗剤で洗えばいいだけでお手入れ楽ちん。さらにさらに、その性質上、焼き物をしてもほとんど油がはねないんだそうですよ。

なるほど、いいねいいねって感じですが、特に気に入ったのは最後の「油がはねない」というポイント。そうか、だから和室の旅館の夕食に採用されがちなのかな。ということはですよ、これ、ふだん晩酌をしている居間やベランダじゃなくて、自分の部屋で使えるんじゃないの？　実はずっとやってみたいと思ってたんです。自室でひっそりとなんらかの調理をし、その場で食べ飲む「コソコソ晩酌」。

念のため窓を全開放し、よ～し準備は整った。いざ、秘密の鴨ネギ飲みを始めていきましょう！

たぬきに固形燃料をセットし、火をつける。陶板をのせる。塩をふった鴨肉を並べる。すると、じりじり……じわじわ……ものすご～く時間をかけて温まりだします。確かに油、ぜんぜんはねないな。心配していた煙も、ふんわり湯気が出るくらい。これなら自室で使っても問題なさそうだ。それにしても、ちびちびと缶チューハイを飲みながら待つ時間がもどかしい。他にもあれこれ料理が並ぶ旅館の夕食に採用されがちなの、あらためて理にかなってるな～。

それでもたぬき君のがんばりのおかげで、10分くらいで鴨に火が通りました。

どれどれ、鴨肉。わ、ほんとだ。陶板の効果がいかほどかはわからないけど、ふんわりと焼きあがってて美味しい。鴨ならではの贅沢な旨みだな～。ここであらためてチューハイをごくり。っく～……自室のこっそり感もあいまって、こいつはたまらんぞ。

準備完了！　帽子、よく似合ってる

じわじわと温まってゆく鴨肉

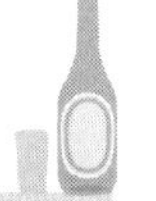

さて第2弾。もも肉を堪能し、ようやく本気を出しはじめてくれた熱々の陶板にねぎを並べ、その上にさらにもも肉。鴨からたっぷりと出る脂を染みこませながら、ねぎとともに焼いていきましょう。

こんどは柚子胡椒、山椒、わさび醤油なども駆使しつつ、あ〜、やっぱり鴨うまいな。お、つくねもいよいよ食べごろだ。ぷりぷりの食感と濃厚な旨味がいい〜。

そしてねぎ！　最後に残った、鴨の旨味でテロテロになったねぎがもう……なんていうんでしょうね。この世の神秘？　理解不能の美味しさです。

このねぎたちも味わいつくし、それでもまだまだ脂は残っている。どうしよう？　やっちゃう？　やりすぎ？　え〜い、やったれ！　と、小盛りごはんを持ってきて、陶板の上へ。そりゃ〜もう、徹底的に吸いこませてやりましたよ。残った脂を。醤油もちょろりとたらしてね。このシメを最後の一粒まで堪能しつくし、ようやく自室鴨ネギ飲みもお開きに。は〜、美味しかった楽しかった。

……ところであの、やっぱり今回、ちょっとやりすぎましたかね？　僕。

〈2020年10月16日〉

第2弾！

どう見ても
やりすぎてるな

どんぐりで飲みたい

どんぐりを食べたいとあこがれること数年

「どんぐりをつまみに飲みたい」と、もう何年も前からずっと思っていたんです。いや別に「縄文人の食文化を実体験として学びたい」とかそういう高尚な志からじゃありません。僕、公園でぼーっとお酒を飲むのが好きなんすけど、毎年この時期になると、地面にそりゃあもう無数のどんぐりが落っこちてますよね。「これ、ぜ〜んぶ食べられたら、さっきコンビニで買ってきて今つまみにしてるミックスナッツいらないじゃん」って、つい考えちゃうんですよ。そもそも見た目、かなり美味しそうだし。それで以前、地面に落ちてるてきとうなどんぐりをひとつ、拾って皮をむいてかじってみたことがあるんですが、渋くてとても食えたもんじゃないんですわ、やつら。

そんな話を飲みながらしていたら、ある友達が、お子さんがもう読まなくなった『どんぐりだんご』という絵本をくれました。前半はどんぐりを使った工作などの話

これがぜ〜んぶ
おつまみだったらなぁ

こんなに美味しそうなのに……

で、後半にずばり、どんぐりの食べかたが書いてある。それを読んでみるとなんと、「アク抜きのために重曹を入れたお湯で1時間煮てお湯を捨てることを4回もくり返し、試しに食べてみて苦くなければＯＫ。さぁ、すり鉢でつぶしてだんごにしよう！」みたいな気の遠くなることが書いてある。いやだから、そこまでしては食べたくないいんだって。

それでも僕はあきらめきれず、たまにどんぐりのことを思いだしてはネットで情報を調べたりしていた。するとある日、そこに一筋の光明が。

僕、この季節に公園などに落ちている小さい木の実を、便宜上すべて「どんぐり」と呼んできましたが、正確にはもちろんいろいろと分類があって、そのなかでも、シイ／マテバシイ属のもの、いわゆる「シイの実」というやつには食用できる種類が多いらしい。特に「スダジイ」の実はアクが少なく、なんと生でも食べられてしまうらしい。こりゃあ朗報だ。さっそく公園に行ってスダジイの実を拾ってこよ〜。

動物としてのレベルアップ

と、勢いよく家を飛びだしたはいいものの、ネットで得ただけの知識というのはま

本自体は娘が喜んで読んでます

だ体に染みこんでいないもの。実際に現場にやって来てみると、どれがスダジイの木なのかいまいちわかりません。

ちなみにスダジイの木、および実には、以下のような特徴があるようです。

- **樹皮にひび割れのような凹凸がある**
- **葉の裏面に灰褐色の毛があり、表と裏で色が違う**
- **どんぐりを包む「殻斗(かくと)」が、3つに裂けた独特の形をしている**
- **どんぐりは濃いこげ茶色で先端がやや尖った形をしている**

これだけのことがわかっていても、実際に探してみると、この木かなぁ？　違うかなぁ？　と、確証が持てません。そんなこんなで公園をうろつくこと30分。どんぐりの神は、突然僕にほほえんだのでした。

というのもなんと、ある1本の木に、ずばり「スダジイ」という札が巻きつけてある。これほどわかりやすい情報はないでしょう。

瞬間、脳内にあった情報と体験が噛み合いました。なるほど、樹皮の凹凸はこういう感じか。葉っぱの特徴も把握。そして地面を見てみると、例の特徴的な殻斗に覆わ

一体どれなんだ！

あ！　書いてあるじゃん

れた実が！　ははは。わかりやす。なんで今までこれが見つけられなかったんだろう。

この感覚、ちょっと新鮮でしたね。今まで数ある木のなかのひとつにすぎなかったものが、突然スダジイと見分けられるようになる。道に落ちているどんぐりのひとつにすぎなかったものが、突然食材にしか見えなくなる。自分が動物としてほんの少しだけレベルアップしたみたいな嬉しさがあります。

こうなってくるともう止まりません。拾っても拾っても視線の先に食材が落ちている。やめどきがわからない。それでも途中で「これ、ぜんぶ拾うの無理だわ」と気がつき（当たり前）、ビニール袋いっぱいのどんぐりを手に家に帰ったのでした。

気になるどんぐりの味は……

今回、ここまで理科の授業みたいな内容になってしまいましたが、いよいよ「どんぐり飲み」を始めていきましょう。

手順としては、まずどんぐりをボウルに入れてよく洗う。すると一部が水に沈まず浮き上がってくる。これは虫に食われていたりして中身がスカスカなものなので捨てる。

情報と完全一致

子供のころですらこんなには拾わなかったよ

スダジイの実は生でも食べられるそうなので、ここでひとつ、ペンチで割って試食してみることにします。見た目は、白く透明感のある小粒のピーナッツのよう。味はなんというか、銀杏の実を、ていねいに炒るんじゃなくて、封筒に入れてレンチンする手抜きの方法で調理したことありますか？　あれでやると、一部が銀杏特有の美しいヒスイ色でなく、パッサパサの粉っぽくなっちゃうことがあるんですが、あの部分の味に近いかなぁ。美味しくなくはないけど、労力には見合っていない味。

そこでこんどは、フライパンで乾煎りしてみることに。

加熱し弾けて皮に亀裂が入ったことにより、若干むきやすくなりました。それでもかなり面倒な作業ではあるんですが、とりあえず20粒ぶんくらい、皮をむいて塩をまぶし、ほんのりと温かいうちに食べてみます。

なるほど、生とは違って少し柔らかみが増している。味もよりわかりやすくなった。これは、薄～い「栗」だ。そうか、よく考えたら栗って、どんぐりの王様みたいなものなのかもしれないな。それでいうとこのシイの実は「どんぐりの平民」。そう考えるとなんだか親近感も湧くし、プレーンなチューハイにも似合いますね。

ただ、それでもまだ労力には見合ってないかなぁ。年に一度、季節を感じる儀式として食べればいいやって感じ……。

パチパチと皮が弾けだす

初めてのどんぐり飲み

翌朝は、まだまだたっぷりとあるどんぐりをがんばってむき、それを炊き込みごはんにして食べてみることにしました。

鍋のフタを開けた瞬間、確かに漂う縄文の香り。ザクザクっと混ぜて茶碗によそう。はふっとほおばる。お、これは！　お米との相乗効果もあるんでしょうが、炒っただけのときより断然甘い！　もちもちとしたお米のなかに感じる、ホクホクっとしたどんぐりの食感。木の実らしい自然な甘味。ぱらりと塩をふるとそれがより引き立ち、完全なる絶品料理です。こんなに美味しい食材がタダで手に入るならば、年に一度と言わず、シーズン中何度か拾いにいってもいいかもしれないな。

その夜、残っておにぎりにしておいたどんぐりごはんをホットサンドメーカーで焼きおにぎりにし、お酒のつまみにしてみました。ぐいっと挟んだのでちょっと形は崩れてしまったけれども、これが抜群すぎた！　表面に塗った油と醬油の焦げた香ばしさが、なぜか透明感とモチっと感を増したどんぐりとハーモニーを奏で、夢のような美味しさ。うまいな〜、どんぐり！

……ちょっとこれから、また拾いにいってこようかな。

〈2020年10月23日〉

見た目は美味しそう

ラストどんぐりは……

埼玉県民のソウルフード「パンチ」とはなにか？

や、山田うどんだ！

先日、とある媒体の「ただひたすらに歩いてみる」というような趣旨の企画で、地元の石神井公園から北に向かって5時間、たまに休憩を入れつつではありますが、それはもうただひたすらに歩いてみたんです。そしたらなんと、埼玉県は浦和のあたりにたどり着きましてね。へー、練馬区から浦和って歩いて行けるもんなんだ、と自分でも驚きました。

で、その道中の4時間半くらいのあたりかな。そりゃあもう足は棒だし、頭もぼーってな状態の頃合い。無心で国道沿いを歩いていると、突然見つけたんです。「山田うどん」を。正確には近年屋号が変更されたらしく、「ファミリー食堂 山田うどん食堂」を。山田うどんといえば、噂に聞く埼玉県民のソウルフード。ちょうどひと休み

したかったこともあって、そりゃあもうテンションが上がりましてね、たまらず飛びこんだわけです。

少し前に昼ごはんは食べていたので、そこまでお腹が空いてるわけじゃない。大変申し訳ないことに、うどんを食べるほどではない。けれども、ちょっと塩っ気のあるものと、もし可能ならばお酒を一杯、私に分けてはいただけないでしょうか……。そんな気持ちで勝手のわからぬ店のメニューを眺める。すると嬉しいことに、お酒やらつまみのメニューがけっこう豊富にあるんですよね。例えば定番の「かき揚げ」単品なんかはもちろん、「フライドポテト」とか「餃子」とか「野菜炒め」とか、「納豆」単品なんてのもある。お酒も、ビールや日本酒があるのはもちろん、「缶チューハイ」「缶ハイボール」「缶緑茶ハイ」なんてのが揃ってる。絶対お酒好きでしょ？　メニュー考えた人。

とりわけ目を引くのが「パンチ」というメニュー。「パンチ」と「赤パンチ」があって、写真だとどう見ても「もつ煮込み」。しかもハーフサイズの「ミニパンチ」なんてのもあって、今の気分にちょうど良さそう。よし、缶チューハイとミニパンチで栄養補給だ！　と、いただいたそのセットの、疲れた体に染みること染みること……。とろっとろに煮込まれた豚もつ。その旨味がたっぷりと溶けだした、醤油ベースの

後光差す山田うどん

缶チューハイとミニパンチ

濃厚な汁。珍しいのは具にメンマが入っている点で、これが細切りのコンニャクとともに、絶妙な食感を生みだしています。シチュエーションやタイミングがばっちりすぎたこともあり、ちょっと衝撃的な美味しさだったんですよね。このパンチが。

山田うどんの居酒屋版、それが「ダウドン」

ただ、それからしばらくの間、ずっと「ある思い」が僕のなかから消えなかった。それは「山田うどんでうどんを食べなかったのはどうなんだろう?」というもの。この気持ち、早めに消化しないといつまでも寝覚めが悪そうです。そこで自宅から行けそうな店舗を調べてみたのですが、見事にちょっと距離のありそうな埼玉県方面に集中している。

それでもよくよく調べていくと、嬉しいお店を見つけました。なんと、我が最寄駅から西武池袋線を5つ下った「清瀬」の駅前に「県民酒場ダウドン」という店があり、ここは山田うどんがプロデュースする唯一の居酒屋らしい。パンチもあれば、うどんも食べられるらしい。店名の「県民酒場」はもちろん、山田うどんが埼玉県民のソウルフードであることに由来しているらしい。ちなみに清瀬駅があるのは東京都なんで

すが、そこはあまり深く考えないほうがいいらしい。とにかく、こんなに嬉しいことはないじゃないですか。さっそく行ってみることにしました。ダウドンに。ちなみに「ダウドン」とは、山田うどんの「田うどん」の部分だと推測されます。

ついにうどんとご対面

思いのほかスタイリッシュな居酒屋で、メニューもかなり豊富。レモンサワーひとつとっても「山田さんのサワー」「吉田さんのサワー」「辰田さんのサワー」「新井さんのサワー」と、それぞれ誰なんだかはわからないけど、とにかく興味を惹かれます。各330円とリーズナブルで、かつちょうど僕がおじゃました時間帯である午後4時から7時までは、ハッピーアワーでなんと半額！　安い！　と、自家製漬け込みレモンを使ったという「山田さんのサワー」で始めることに。

それから、うどんの前にまずはパンチで軽くやりたい。今日はオーソドックスなほうではなく、前回気になった「赤パンチ」を選んでみようかな。

赤パンチ、通常の煮込みであるパンチに、麻辣醤と数種類の唐辛子をブレンドして加えたというピリ辛煮込みで、〝パンチのあるパンチ〟って感じで大変お酒がすすみ

このマークはなんだろう？　あ！　サイ＆タマ……

「赤パンチ」は赤い

ます。ほんのりと苦味のあるレモンサワーと合いますね。

それらを堪能し、次に頼んだのが「かき揚げ」の単品とバイスサワーのセット。一般的な山田うどんのアルコールメニューはごくシンプルな構成だったので、こういう大衆酒場っぽいお酒が定番の天ぷらをつまみに飲めるのはなんとも楽しいです。

これぞ大衆うどん店のかき揚げ！　っていうバキバキの巨大かき揚げを嚙み砕きながら飲む甘酸っぱいバイスサワー。うん、いい。

それから、メニューのすみに「無料の柚子胡椒を頼み、そこに卓上の「ダシ酢」を注いで溶くと、何にでも合う万能調味料になる」と書いてあったので、それも注文してみました。ダシ酢は、濃縮したうどんつゆと穀物酢を1：1で混ぜたダウドン特製の調味料だそう。これがまた、しっかりとかつおだしの効いたポン酢といったニュアンスでおもしろい。山田うどんでは定番メニューであるらしい餃子なんかにもつけてみたい感じですね。

さて、すでにけっこうお腹いっぱいではありますが、そうそう、うどんを食べないことには今日の目的が果たせないんだった。「かけうどん」をお願いしましょう。

いや僕ね、お子さんからお年寄りまでが難なく食べられそうな、もっとぐだぐだの、やわやわの、「うどんへのこだわり？　うちはないない、そういうの（笑）」というよ

かき揚げとダウドン特製の「ダシ酢」

なにやらオーラ漂ううどんが到着

うなうどんを勝手に想像してたんですよ。失礼ながら、山田うどんってきっとそういうもんだろうと。むしろそこがいいんだろうと。ところが実際に目の前にすると、どうもただならぬオーラが漂っています。「一切の妥協を許さず仕上げました(真顔)」という雰囲気。だって、麺に全粒粉みたいな、細かくて茶色いつぶみたいなものすら練り込んであるんですよ。

いざ、と、このうどんをすすりこんでみて驚きましたね。まず、麺がもっちもち。誤解をおそれずに言えばもう、本当におもちみたいにもちもち。それでいて適度な弾力とコシがある。鮮烈なだしの香りのなかにふわりと柚子の香るつゆもすさまじくうまい。はっきり言って、京都の料亭でシメに出てきてもおかしくないくらいの隙のなさです。京都の料亭に行ったことがないので、シメにうどんが出てくるかどうかは知りませんが。

バイスのナカをおかわりし、途中からは1/3ほど残してあったかき揚げも投入し、もう無我夢中で堪能しましたよ。山田うどん、こんなにうまかったんだ!

ただ、これはあとから知ったことなんですが、ここ、ダウドンのうどんは一般の山田うどんの麺とはちょっと違う、コシを意識した特注品なんだそうです。なるほど、どうりでなんだかすごい麺だと思った。となると、普通のほうの麺を食べに、また山田うどんに飲みにいかなきゃいけないわけだ。あ〜もう、忙しいったらないなぁ。

ところで今回の記事のタイトルにもある「パンチとはなにか?」について。パンチとはいわゆる「もつ煮込み」のことで間違いないはずなんですが、じゃあ山田うどんではなぜ、煮込みのことをなぜパンチと呼んでいるのか。

……一体なぜなんですかね?


〈2020年10月30日〉

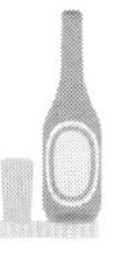

現代「酒道」入門

茶道、華道、そして酒道

2018年の11月から、毎週毎週飽きることなくお酒やつまみに関するあれこれを書き綴っているこの連載。ですが、ネタがなくなる気配は一向にありません。つまり、酒の道はそれほどに奥深く、一朝一夕に極められるものではないということなのでしょう。

となれば、思いませんか?「茶道」や「華道」のように「酒道」がないのはなんでなんだろう? って。酒道、しゅどう。実は、室町時代末期から江戸時代にかけてくらいまでは、存在したんだそうです。公家流、武家流、商家流などの流儀があり、お酒の注ぎかた、配膳のしかた、飲みかたなどのマナーを通して、精神性を高めることを目的とした、そういう文化が。けれどもいつの間にやらすっかりすたれ、もはや書物も残っていないようで、いや、それもそのはずですよね。だって、飲むとグダグダになるのがお酒だもん。茶道や華道みたいに、背筋をピシッと伸ばして、所作に気を使ってなんて、途中からやってらんなくなるもん。

というわけで現在、日本に残る酒道に近いものは、僕の知る限り漫画『酒のほそ道』だけなんですが、これも「酒道」と定義されているわけではない。でもさ、ということはですよ？　これ、今がチャンスの言ったもん勝ちなジャンルでもあるんじゃないですか？　僕が「酒道　巴里流本家家元」を名乗り、オリジナル酒道を提唱しだしても、「そんなの酒道じゃないよ」なんて誰にも言えないわけですもんね？　こんな家元チャンス、そうそう転がってないですよ。

と、そんなことを思ったのにはきっかけがありまして、先日、リサイクルショップでものすご～く雰囲気のいい取っ手つきの小箱に出会い、お値段も1000円と手頃だったもんで、使い道や置き場所も考えず、とりあえず衝動買いしてしまったんです。いいないいなと眺めつつ、フタをパカパカ開けたり閉めたり、引き出しを引き出したり押し戻したりしていたら、ふと思った。この箱で、酒飲みたいなって。なんかこう、酒器一式を効率的にしまっておいて、ここからおごそかに取り出し、神妙な顔で酒を飲む。みたいな想像がどんどんふくらんでいったんですよね。

そこで今回は以下、僕が実践し確立した「酒道　巴里流」の入門編をお送りしたい

これ。いいでしょ？

と思います。

いざ、実践編

さて。ここまで原稿を読んできたあなたなら、すでにすっかり酒道に興味をお持ちのことでしょう。「やってみたいけど敷居が高そう。家に『酒室』があるわけじゃないし……」なんて思われているかもしれません。だけど心配はご無用。家に酒室がない方でもすぐに始められるのが、野点（のだて）ならぬ「野酒」。お気に入りの酒器など一式が入る入れ物さえ用意すれば、誰でも手軽に酒道の醍醐味を味わえるんですよ。

では実際に方法、作法を解説していきましょう。

小箱を持って公園にやってきました。ゴザや畳柄のレジャーシートなどがあれば雰囲気抜群ですが、最悪、青いビニールシートでもかまいませんので、好きな場所に会場を設営しましょう。

この日は快晴でしたが、野酒は晴れた日に行わなければいけないという決まりはありません。花曇りの侘び寂びや、小雪ちらつく風流、雨ならば公園の東屋を間借りするという手もある。そんなふうに、四季折々の気候と一体となって楽しめるのが酒道

やってきたのは近所の公園

自慢の酒道具を見てください

の魅力なんです。

私が愛用している小箱は2段式。上段には、お皿や酒器、組み立て式の箸などを収納しています。

下段にはお酒とつまみ。酒道には「こうでなければいけない」という組み合わせはありません。その日の気分に合わせて自由に選んでみてくださいね。今回は、地元のスーパーで280円だった「のり弁」を選んでみました。のり弁は、まずはどこから食べようと思わずウキウキしてしまう、非常に野酒向きのおつまみです。

それではいよいよ実践編。まずは王道の「お茶割り」を立てていきましょう。

今回は、飲みやすく12度に調整されたプラカップの麦焼酎と、水に溶けるタイプの緑茶スティックを用意しました。茶せんを使用する本式もいいですが、初心者ならば簡易的な立てかたでじゅうぶん。カップにお茶の粉を直接入れ、フタをしてよく振れば完成です。

けっこうなお手前で

我が巴里流では、おつまみは箱に収納したままいただくのが基本。我々がいかに求

下段はこう

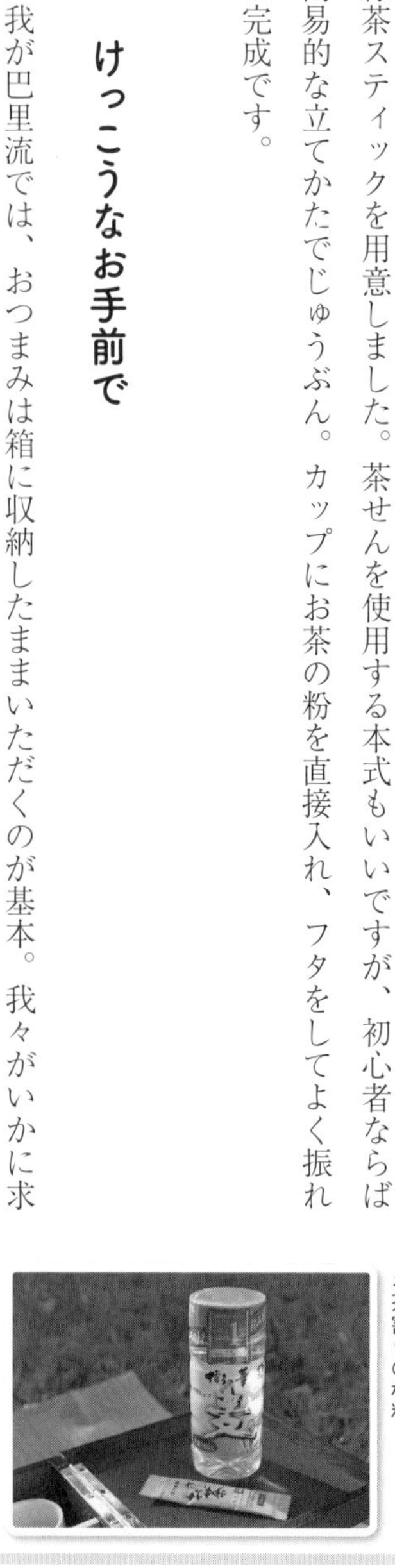

お茶割りの材料

道者であるといえ、はたから見たらただの変人。道ゆくお子さんに「ママ、あの人何してるの!?」と言われた際、引き出しをさっと閉めることで、「悪意はない」ということを多少なりともアピールできます。

ただ、それだけではなんだかコソコソと悪いことをしている、もしくは授業中に早弁している気分になってしまいます。そこで重要なのがお皿の存在。

用意した取り皿におかずを一品ずつ取りだしては、まずしっかりと愛で、それからじっくりと味わうのが巴里流の正式なマナーとなります。酒道とはすなわち酔狂の世界。「かけなくてもいい手間をわざわざかける」ことで、酒やつまみと対話し、その先にある真理を求めるものなのです。そもそも、重い箱に道具を詰めて野酒をするという行為自体が「わざわざ」な行為でもありますからね。

ちなみにお弁当は、昨夜買って冷蔵庫で保管しておいたものなので、ごはんのカチカチ具合が想像を超えていましたが、それすらも前向きに味わう気持ちが大切。すべてを肯定し受け入れる。それにより、精神的満足度を上げ、酒との融合度合いを高めることができます。

わざわざといえば酒器。重いからと最小限にとどめるのではなく、お気に入りのものをいくつか持参し、そのときの気分で選ぶようにましょう。自らの感覚に問いかけ

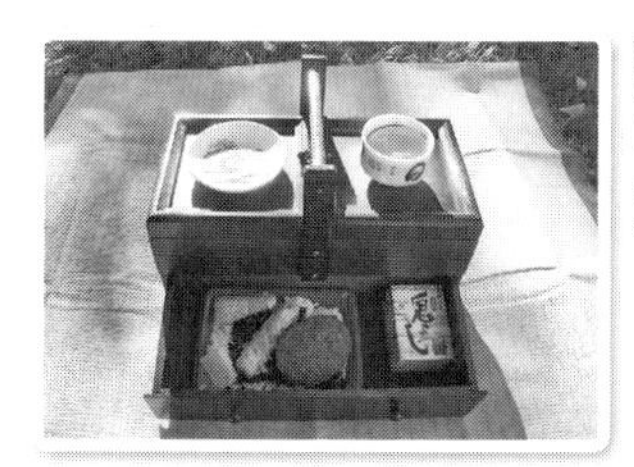

おごそかみが高まってきた

一品ずつ乗せてはいただきましょう

るように。それにより、精神的満足度を上げ、酒との融合度合いを高めることができます。

というわけで、2杯めの日本酒は、抜けるような青空に似合う青い琉球グラスで飲むことにしました。

この日は秋とはいえ日差しがポカポカと暖かく、揺れる木漏れ日が目に心地いい。お腹もちょうどいっぱいになったし、ほろ酔い加減にもなってきた。最終的に、極限まで精神的満足度が上がり、酒との融合度合いが高まっているのを実感することができました。

本日もごちそうさまです。けっこうなお手前でした。

というわけで、私たちの提唱する酒道の入門編はここまで。なにかとストレスを感じることの多い現代社会。野酒は精神的デトックス効果が抜群なため、昨今大変注目が集まっています。みなさんもぜひ、お気軽に酒道の世界にいらっしゃいませね。

〈2020年11月6日〉

持参したおちょこたち

パック酒は注ぎやすい

沖縄飲みは海を見ながら

海を見ながらがベストに決まっている

ある日、沖縄出身の友達から小包が届きました。開けてみると、そこには美味しそうな沖縄の食品、食材があれこれと詰まっていた。驚いて連絡すると、「地元のローカルな食品があれこれ手に入ったので、いつもお世話になっているパリッコさんにおすそわけです」とのこと。その方との出会いから今までを思い返してみても、僕のほうが一方的にお世話になってきた記憶しかないんですが、なにかの節目とかではなく、ふとしたときにこういう行動ができる人って本当に素敵ですよね。自分もそうありたいと思いながら、なかなかできることではない。とにかく、沖縄大好きっ子の僕としては狂喜乱舞の品々。感謝を伝え、ありがたくいただくことにしました。

なかでも特に嬉しかったのが、コンビニ「ファミリーマート」の限定商品。あの、知ってます? 沖縄のファミマって「泡盛コーヒー」なる、地域限定のオリジナル商品が販売されているんですよ。そもそも沖縄のコンビニって、かなり気軽に泡盛が買えるんですが、その泡盛とブラックコーヒーを合わせた商品が何年か前に発売されたらしく、実はずっと気になってたんです。いいな〜飲んでみたいな〜って。コンビニ限定商品という特性上、東京にある沖縄物産館でだって簡単に手に入らないそれらのローカルフード。せっかくならどうやっていただこうか？　そりゃあもちろん、「海を見ながら」がベストに決まってますよね。

実行は計画的に

というわけで計画を実行に移していきましょう。ちょうど先日、月曜日に銀座で取材、火曜日に日本橋で打ち合わせ、という並びの予定がありました。カレンダーを眺めていてひらめいた。

まず月曜日。銀座にある沖縄物産館「わしたショップ」へ寄って、僕の沖縄飲み計画に必要と思われるアイテムを買い足しておく。

次に火曜日。朝、いただきもののファミマ限定商品「沖縄風じゅーしぃの素」を使ってじゅーしぃを炊く。じゅーしぃとは、沖縄でいう炊き込みごはんのことですね。

で、炊きあがったじゅーしぃをベースに、物産館で買い足してきた食材をプラスした「沖縄弁当」を自作する。それを持って日本橋へ打ち合わせに行き、終了後は都営浅草線でぴゅーっと「大門」に移動。そこから歩いて海の見える「竹芝ふ頭公園」に行き、沖縄飲みをしてやろうと。こう計画を立てたわけです。ふだん、仕事の計画を立てることが致命的に苦手で各方面にご迷惑ばかりかけている僕ですが、なぜかこういうときだけは脳が高速回転するんですよね。ほんと不思議。

というわけで火曜の朝、1合ぶんのじゅーしぃを炊いてみました。半合を朝ごはんに食べてみたところ、これが想像をはるかに超える美味しさ！　コンビニ商品だからってなめちゃいけません。具沢山で、体がほっと癒されるような優しい味わいながらも旨味いっぱい。これ、どっかのおばーの手作りと言われたら完全に信じますね。

さて、残った半合のじゅーしぃをお弁当箱に詰めたら、その上に物産館で買って来た食材をのっけてゆく。今回は、「スーチカー（豚バラ肉の塩漬け）」を刻んでフライパンで炒めたもの、豚皮つきの「ラフテー」、「アンダンスー（肉みそ）」と、かわいらしい「シーサーかまぼこ」を盛りつけてみました。

赤いかまぼこ以外、見事なまでに豚一色。茶一色。合わせて野菜を摂取する気など毛頭なし。でもいいんです。これはお弁当ではあるけれど、それ以前に「酒のつま

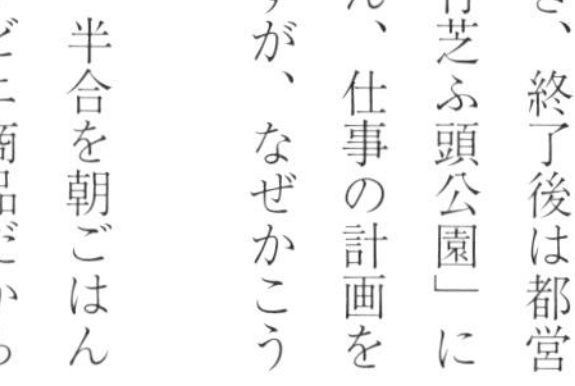

コンビニでこれが買えるのがうらやましい

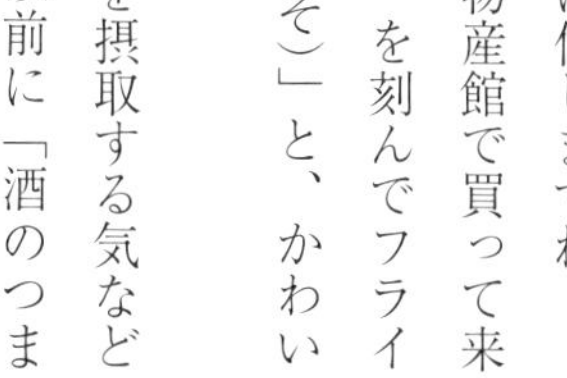

じゅーしぃ、炊けました

み」なのだから。

「泡盛コーヒー」の全国発売、希望します

そんな経緯からずっとそわそわしっぱなしだった打ち合わせを終え、時刻は午後3時半。のんびりと向かっても余裕で日暮れ前に間に合うでしょう。竹芝ふ頭に向かいます。

遠目に目印である船のマストのオブジェが見えると、海だ！　と毎度テンションが上がりますね。「竹芝桟橋ターミナル」の1階にある客船用の待合所も、横目に眺めるだけで旅情MAX。そしてその横の階段を登れば、そこには東京屈指のナイスシチュエーション・ベンチが！

いや〜正解正解。大大大正解。みなさん、実はこの海ね、沖縄につながってるんですよ。そんな場所で沖縄弁当をつまみに泡盛コーヒーを飲む。これ、もはや僕、沖縄で飲んでますよね？　さっそく準備してきたものを並べてみましょう。

いただきもののなかには小さな瓶の泡盛と島とうがらしのパックも入っていて、すなわち「コーレーグースを作れ」というメッセージだと理解。届いたのが3週間ほど

オリジナル沖縄弁、完成！

到着

前ですぐに漬けておいたので、持ってきてみました。それから、こちらもファミマ限定泡盛「白百合」も。

ではでは、沖縄飲み、めんそ〜れ〜！　と、まずはお弁当のスーチカーをひとつつまんでぱくり。あぁ、沖縄といえばやっぱり豚肉。そして豚肉といえば脂身の美味しさだよなぁ。

続いてスーチカーをほじくり、その旨味が染みこんでいるであろう接地面あたりのじゅーしぃをぱくり。うんうん、炊きたてとはまた違う、弁当ならではのしっとりごはん。これぞ弁当飲みの醍醐味。

ラフテーは、スーチカーとは対照的にこっくりと濃厚でとろけます。シーサーかまぼこもしっかり味でつまみにばっちりだし、アンダンスーもうまいっすー。あ、コーレーグース、ちゃんとできてるな。むわっとした泡盛の香りとピリリとした辛味が、まさに沖縄の味。う〜む、ひとりで食べるにはちょっと量が多いんじゃないかと思ってたけど、こりゃあぺろりだな。

そうそう、噂の泡盛コーヒー。これがまたですね、人気が高いのもうなずける、非常〜にオツな味でした！　コーヒーと泡盛がお互いの香りを高めあって、なんていうんでしょう。言われなければ泡盛とは気づかないかもしれない。こんなに美味しいな

海をひとりじめ

ほ〜ら沖縄。

んて、何万円もするブランデーでも混ぜた？　って思っちゃうような。
いいなぁこれ。頼むから全国発売してくださいませんかね？　ファミリーマートさん。

〈2020年11月13日〉

沖縄づくしの美味しさ

船がゆくよ

カイワレ日記

カイワレの存在意義がわからなかった

先日、飲み友達のライター、スズキナオさんらと、突発的「公開ZOOM飲み会」をやらせてもらいました。まぁ、いつもどおりにオンラインで飲んでいるところをそのままWEB配信するというもので、特にトーク内容にテーマがあるというようなこともなく、とりとめのないグダグダ話をただくり広げるだけという無益な時間。そのなかで、どんな流れだったかはすっかり忘れてしまったんですが、僕が「カイワレの存在意義がわからない」と発言したんです。そしたらナオさんが珍しく激昂されましてね。「私は野菜のなかでカイワレがいちばん好きかもしれないほどです！」とまで言いだす始末。「え？　カイワレが？　いちばん!?」と、純粋に驚いてしまいました。

カイワレって、独特の辛味があるじゃないですか。子供時代、なにかの料理にのっていたカイワレを食べた瞬間「辛！」と思った。「いらない！」と思った。それが原体験となってしまい、以来本当に、自分から進んでカイワレを食べたことって、人生で一度もないいんじゃないかな？　もちろん、サラダに混ざってたのを無意識に、とかはありますよ。あくまで自分の意思で「カイワレを食べよう」と思うことはなかった。

カイワレを知らず40年

で、その日は「まぁそのうち食べてみてくださいよ」「いや〜、僕はいいっすわ〜」なんて感じで別の話題になった。ただ、話はそれだけで終わらなかったんですよね。

翌日、僕がデスクをひとつ間借りして仕事場にさせてもらっている、地元石神井の出版社「スタンド・ブックス」へ行くと、営業のSさんが、いつになく興奮した様子で話しかけてきた。曰く、「パリッコさん、私は野菜のなかでカイワレがいちばん好きなんですよ！」。どうやら昨夜の配信を見てくれていたようです。「スーパーに行くと、必ず最低2袋は買います！　ざっくりと刻んで、オリーブオイルとポン酢とか、ごま油と醤油とか、そういうものであえるだけで最高のつまみになるんです！」とのこと。ちなみにSさんは僕と同年代の男性。おいおい、カイワレってそんなに我ら世代に人気の野菜だったのかよ……。まったく知らずに40年以上生きてきてしまった。

自分の人生にこんなことが起こるなんて想像もしていませんでしたね。さまざまな要素が絡みあった結果、僕、急激にカイワレが食べてみたくなってしまったんです。

その夜、スーパーでおそるおそる買ったカイワレを食べてみた僕が現在どのような状態にあるかというと、「家の冷蔵庫にカイワレのストックがないと不安で不安で仕事も手につかなくなる」という、もはや「カイワレ中毒」。

以下、個人的に書き残しておいた1週間ぶんの「カイワレ日記」を、メモ用に撮った写真と共に公開したいと思います。

カイワレ日記

・11/10（火）
スーパーにて2パック購入。人生初。ちなみに1パック58円。カイワレってこんなに安かったのか。もやしの影に隠れてて気がついてなかった。

帰宅し、1パックを雑に刻み、なんとなくポン酢、マヨネーズ、たっぷりのごまとあえてみる。失礼ながらカイワレってほとんど体積のないようなものだと思ってたので、けっこうなボリュームになることにまず驚く。酒のつまみのひと皿としてちょうどいい量。

食べてみる。まず肝心の辛味に関してだが、これが適度でむしろうまい。考えてみれば、子供時代から一気に40代までワープしてきてるんだもんな。その間にワサビも唐辛子も山椒も大好物に変わっているわけで、そりゃあそうか。シャキシャキ、ザクザクとした食感も心地いい。フレッシュな青さとマヨポンの相性も抜群。そして大好きなごまがこんなにもたっぷり摂取できるのも嬉しい発見。「ごまを食べるならカイワレ」という知見を得た。

結論として、カイワレ、めちゃくちゃうまい！　思わずもう1パックもまったく同じように調理して食べつくした。

・11/11（水）

朝、家の冷蔵庫にカイワレがないと思うとなんだかソワソワする。そこで夕方、ちょっと買いすぎか？　とも思いつつ、4パック買う。別のスーパーだが、同じく58円だった。

昨日、SNSを通じて「好きなカイワレの食べかた」を募ってみたところ、まねしてみたいレシピが続々と集まった。なかでも「ハムで巻く」はナオさんも推奨してい

カイワレの
マヨポンごまあえ

たので、それをやってみる。なるほど、カイワレの辛味とハムの塩気がマッチし、シャキシャキの食感もおもしろい。ただシンプルゆえに、ほんのちょっとだけ辛味が立ちすぎている気がする。そこで他の方のおすすめだった「ハムで巻いてカラシマヨをつけながら食べる」を試してみると、カラシまで加わっているのにあら不思議。さっきより食べやすく、つまみ力も上がった。カイワレ、うまい。

・11/12（木）

朝、常備菜として作ってあった鶏むね肉のゆで鶏があったので、細く裂いて刻んだカイワレとあえ、ごま油、醤油、ごまとあえてメシのおかずにする。信じられないほどうまい！　※写真撮り忘れ

夜、昨日のハムとの組み合わせを自分なりに改良してみることに。ハム巻きはうまかったが、いちいち巻いて楊枝でとめるのが若干面倒だ。そこで、ハムをカイワレと同じくらいの長さの細切りにして、マヨネーズを加えてあえてしまう。そこに好物のごまと唐辛子もプラス。これまた絶品！　自分はハム巻きじゃなくこっちでいいな。とにかく、カイワレはうまい。

カイワレのハム巻き　カラシマヨ添え

カイワレとハムとごまのマヨあえ

・11／13（金）

一昨日4パック買ったカイワレも最後のひとつだが、見た目はまだまだ新鮮。モヤシはたいていカイワレより安いけれども、足が早いので3日めまで持たないだろうことを考えると、トータルではむしろカイワレのほうが安いのでは？

今日はこれまたSNSのおすすめから「おでん」を試してみる。というのも、昨夜たっぷりおでんを仕込み、それがまだまだ残っていたので。作りかたは、カイワレ適量をマグカップに入れ、そこにグラグラに沸かしたおでん汁を注ぐだけ。こんな簡単なのに、カイワレがとろとろになってこれまた良い。温めたことで風味が増したせいか、「お前、野菜だったんだな」とあらためて実感。カップ酒と合うなー。カイワレうまいなー。

・11／14（土）

冷蔵庫にカイワレのストックがないことが原因で、何をやっても上の空。日常生活に支障をきたすレベルなので、午前中に買い出しに行く。今回も58円。2パック購入。合わせてまぐろの刺身も買ってきて、SNSで教えてもらったなかでも屈指の食べたさだった「湯引きしたまぐろ、菜種油、わさびあるいは柚子胡椒、醤油とあえる」

カイワレのおでん

をやってみる。カイワレ料理にここまでの労力をかけるようになるなんて、かつての自分からは想像もできなかったことだ。

で、食べてみるとなるほど、こりゃあごちそう！　まぐろの刺身は自分の晩酌つまみの定番だけど、買ってきた量の半分くらいをこうして食べたりすると、幅が広がってより酒が進みそうだ。カイワレ　ｉｓ　うまい。

・11／15（日）

今日はついに本気を出す。カイワレがどうもクリームチーズと合う予感がしている。それから、昨日の刺身との相性も気に入った。そこで、カイワレたっぷりカルパッチョを作ってみようと思う。

スーパーで、サーモン、クリームチーズ、レモンを買ってくる。サーモンをカイワレによりなじむよう細切りにし、カイワレとざっくりあえる。そこにちぎったクリームチーズを散らし、オリーブオイルと塩胡椒、レモンをたっぷり。

実際、こんなものがうまくないわけがなかった。一瞬、「おれって天才？」と調子にのりかけたが思い直す。天才なのはカイワレだ。カイワレは天才。

カイワレと湯引きまぐろのわさび醤油あえ

カイワレとサーモンとクリームチーズのカルパッチョ

・11／16（月）

日々の楽しみ、スーパー通いだが、カゴを手に取り、まず向かうのはすっかりカイワレ売り場、じゃなかった、野菜売り場になった。そこで腰を抜かす。なんと、全国的に58円均一だと思いこんでいたカイワレが、38円で売られている！「モヤシの立場は!?」と心配になる気持ちとは裏腹のニヤケ面をマスクで隠しつつ、ラス1だったのを購入。もう大泉学園のスーパー「カズン」には一生足を向けて眠れなくなった。

夜。そういえばカイワレと出会う前、自分が頻繁に、なにかとあえてつまみにしていた食材といえば、納豆だった。面目ないことにしばらく存在を忘れていたため冷蔵庫の奥でいじけていたそいつをとりだしてきて、今日はカイワレとあえてみることにする。新旧スター夢の共演だ。刻んだカイワレと納豆、付属のタレにごま油とごまを少々。

衝撃だった……。納豆になにを混ぜてつまみにするのが正解か？　僕が一生かけて探し求めようと覚悟していたその問いの答えは、なんと「カイワレ」だったのだ！納豆と混ぜたことによる、火を通したときにも似たカイワレのとろとろ感。かつ、しっかりと残るフレッシュなシャキシャキ感。そのふたつのいいとこどりなのが「カイワレ納豆」だ。適度な辛味も納豆との相性が悪いはずがない。うまい、うますぎる！

カイワレ納豆

カイワレ、うますぎる!

〈2020年11月20日〉

夢の商店街弁当

せっかくの炊きたてごはんが

妻が仕事で早めに家を出る予定だったある朝。僕が娘の朝ごはん担当ということで、簡単にチャーハンを作ってやることにしました。すると、好物のはずなのに気分じゃなかったのか「ふつうのごはんとたまごやきがよかった~」とグズっている。そこでビシッと、「わがまま言わない！　チャーハンが嫌なら朝ごはん抜き！」とでも言えればいいんでしょうが、僕も甘いんですよね。チャーハンは自分で食べればいーや、はいはい。と、玉子焼きを作り直してやることに。

が、そういえばさっきのチャーハンで、ごはんを使いきっちゃったんだった。そこであわてて、炊飯器の急速モードよりも早いだろうと、アウトドア用の飯ごう「メスティン」でごはんを炊きはじめます。お米1合をさっと研ぎ、コンロの強火にかけ、沸騰したら弱火にして10数分、グツグツがパチパチに変わるまで待って……なんてこ

とをしつつふと居間を見ると、あれ？　娘が黙々とチャーハンを食べている。まったく子供ってのは気分屋ですよね。まぁ食べたなら良かった。良かったけど、今まさに炊きあがった美味しい美味しいこのごはん、どうすんのよ？

商店街をハシゴして

そこで思いつきましたね。いつかやってやろうと夢見ていた「あの計画」を実行に移してやれと。いや、計画というのはですね、商店街へ行くと、美味しそうなおかずやらお惣菜やらが、それぞれのお店であれこれ売られているじゃないですか？　それらを欲望のままに選び、白いごはんの上にのせていき、オリジナル弁当を作る。そんな「夢の商店街弁当」を作って、それをつまみに飲んでやろうというもの。

そこで、お米1合は多いので、半分はとりわけて冷凍し、半合のごはんが入ったメスティンを保冷バッグに入れて仕事場へ。夕方の弁当晩酌を楽しみに仕事をし、よしひと段落となったところで、いそいそと駅前に出かけていきました。

地元石神井公園には、規模は大きくないもののいくつかの商店街があります。まずは南口にある、3つの商店が身を寄せあう昔ながらのマーケット内「肉のタナカ」へ。

「メンチカツ」と「ハムカツ」を選び、その場で揚げてもらいましょう。合わせて250円。その間、同じマーケットにある魚の「えびすや」で、手作り惣菜の棚を物色。「葉唐昆布」ってのがつけあわせに良さそうだと購入。290円。熱々の揚げものを受け取り、今度は北口へ。八百屋「マルゴ青果」では、大好物のカイワレを購入。なんと30円！　最後にもう1軒魚屋さん。同じ商店街にある、信頼と実績の「魚隆」を覗いてみると、それはもう色とりどりの美味しそうなお刺身が並んでいます。美しく輝くブリやヒラメも食べたいし、なんとアワビやフグ刺しまである。が、ここは王道のまぐろでいきましょう。いつもなら800円の赤身を選ぶところだけど、え〜い、今日は大台1000円の、中トロください！

この幸せをあと8回も？

その足で公園の東屋にやってきました。カバンからごはんを取りだし、さぁ、夢の商店街弁当を作っていくぞ！

まずはまぐろ。パックを開けてあらためて眺めてみると、これ、すさまじいまぐろですね。きめ細やかな脂ののった大迫力の切り身が、9切れものってる。自重でとろ

買い集めたごちそうたち

ここにどんどんのせてく

んとたわむ身を箸で持ち上げてはごはんの上へ。思わずよだれが出てきます。

次はカイワレ。公園の水道で洗い、手でちぎってごはんに敷きつめます。そこに揚げものを乗せる。わはは、でかすぎてぜんぜん収まらない。いくらなんでもやりすぎたなこりゃ。どっちかひとつでよかった。が、もうあとには引けません。隙間に葉唐昆布をグイグイと詰め、はい完成。

それでは、いただきま〜す！

本末転倒ではありますが、この状態では食べるのが困難なので、揚げものをいったんメスティンのフタに取りだし、まずは巨大なメンチをザクッとほおばってみます。おぉ、まだ熱々だ！ 肉と玉ねぎのジューシーさ。ほんのりとした塩気。そして何より、肉屋の揚げものならではの、ふわり漂うラードの香り。やっぱり最高！ 続けて、ぬかりなく持ってきておいたキッコーマン「ウルトラソース ごちそう食感」をメンチにたっぷり。これ、野菜のシャキシャキ感がしっかりと残っていて、その名のとおりごちそう感がすごいんです。あ〜、ソースドボドボの揚げものって、なんでこんなに白メシに合うんだろう。すかさず最近のお気にいり「氷結 無糖レモン7%」をごくっ。このキレ味が脂っこさとの相性抜群！

さてと、まぐろいくか。一片にわさびをちょんとのせ、持参した醤油をたらり。う

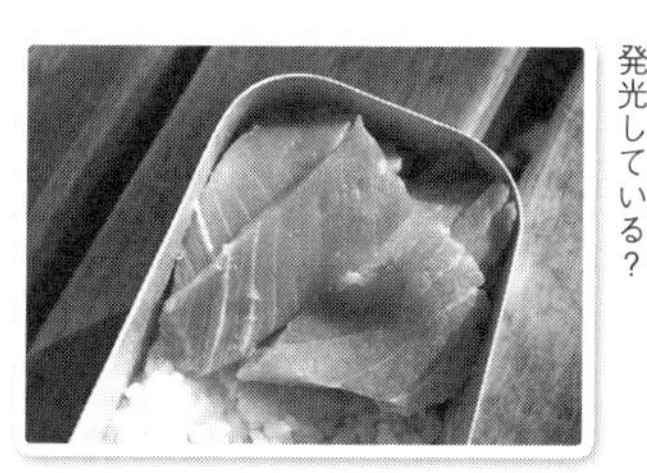

この神々しさ。発光している？

これが私の商店街弁当です

やうやしく持ち上げ、ひと息にほおばる。もぐもぐもぐ。うわー、こ、こりゃあ……すげえ！　適度な歯ごたえがありつつもとろけるまぐろの身。同時に溢れだす旨味と上質な脂の香り。とんでもないな。え？　まぐろは9切れあったから、この幸せをあと8回も味わえるの？　明日死なないか不安になってきたぞ……。

分厚いハムカツも、青唐辛子っぽい香りとピリ辛感がアクセントにばっちりな葉唐昆布も、選んで正解でしたね。量が潤沢だからこその遊び心で、この上等なまぐろでカイワレを包んじゃったりしてもこれまた天国。

あ〜、商店街弁当計画。想像以上に楽しかったな。次はあなたの街の商店街におじゃまするかもしれません！

〈2020年11月27日〉

無我夢中で堪能

屋上ベトナムピクニック

パーフェクト・サイゴンセット

仕事の用事で池袋まで出た帰り、何気なく西武デパートの「デパ地下」を覗いてみたんです。デパ地下ってのはもう、飲み食いが好きな人にしてみたら天国のような場所ですよね。広大なフロアに所狭しと売り場が並び、ショーケースには世界各国の色とりどりのグルメがぎっしり並んでいる。それを見れば、自然にグーとお腹が鳴る。そこで時計を見ると、あ、もう夕方だ。飲んでいい時間だ。というわけで、今日は軽くデパ地下飲みをして帰ることにしましょう。

といっても、僕のように優柔不断な〝いやしんぼ〟にとって、デパ地下はまた魔窟でもあります。宝石のように輝くイタリアンのおかずもいいし、天ぷらや串カツなんかの揚げものもいいし、中華点心も美味しそう。待てよ、思いきって駅弁って手もあるな。なんてね。迷いに迷ってしまい、「はいはいもうこれ！　君はこれにしなさい！」と言ってくれる強引な同行者でもいない限りは決断ができない。それでいつも後悔するんですよね。「こっちじゃなかったかな……」なんて。そこで思った。逆に、好物を選ぶから後悔するんだと。「これもうまかったけど、やっぱりあれも食べたかったな」と。ならいっそ、ぜんぜん知らない料理を選んでみるのはどうだろう？「なにこれ～おもしろ～い」が先行して、後悔してる場合じゃなくなるんじゃないだろうか？

よし、今日はこのフロアのなかでいちばん知らない料理を探してみよう！ と方針を決めてしまえば決断ができるもんですね。どうやら池袋にある人気のベトナム料理店が出店しているらしき「サイゴン」というお店で、未知の料理ばかりが詰まった「サイゴンセット」というのを買ってみることにしました。ついでに世界のビール売り場でベトナムの「333（バーバーバー）」も買い、サイゴンセットが僕だけの「パーフェクト・サイゴンセット」に進化。さぁ、屋上に行って味わうか～。

意外と優しいんだ

サイゴンセットは、ぜんぶで6つのゾーンに仕切られており、唯一名前を知ってた

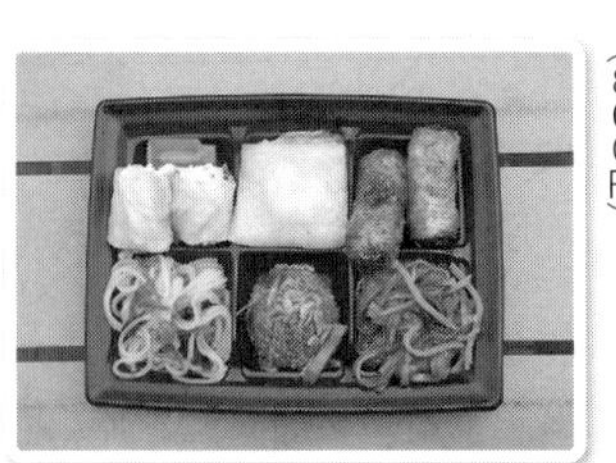

「サイゴンセット」（800円）

のは左上の「生春巻き」くらいかな。その横はなんだろう……なにこれ？　目玉焼き？　いちばんわかんないぞ。その横は確か売り場では「チャージョ」だかって呼ばれていた、揚げ春巻き的なものでしょうか。下段は春雨サラダっぽいものと、炒飯っぽいごはんもの。それから、焼きそばだか焼うどんのようにも見える、なんだ、フォーを使った料理かな？

全体的にかなりのわからなさで、「あっちのほうが良かったかなぁ」なんて考えてる余裕は一切ありません。計画通り！

まずはベトナムビールの333から。何度か飲んだことはありましたが、じっくりと意識して味わうのは初めてかもしれない。南国の気候に合いそうな軽〜い飲みやすさでありつつ、どこか黒ビールを感じさせるコクもほんのりとあって美味しいですね。なるほど、こういう味だったんだな、君は。

さて料理はどれからいくか。まずは前情報がゼロではない生春巻きからいってみましょうかね。タレをかけ、ペターっとした皮を箸でつまんで持ち上げ、しげしげと眺める。豚肉、春雨、キュウリ、レタスが確認できる。あ、生のイカも！　タレに感じるのはレモン、しょうが、ナンプラーの風味かな。うんうん、各具材の食感が爽やかにまとまって、こいつはビールに合いますよ。

屋上のテーブル&ベンチでベトナム屋台気分

次は揚げ春巻きっぽいのいってみましょう。お、これはなんだ？　意外にも中身がひじき煮みたいな見た目をしているな。たっぷり入ってる黒いのは、キクラゲか？それと、ひき肉と細切れの野菜たち。どこか和風な感じでもあり、しみじみとうまいですね。

春雨サラダ。居酒屋に通い慣れていると、この見た目からはどうしても酸味を予想してしまうんですが、意外にも酸っぱくない。むしろ醤油ベースの淡めの味つけで、そこにパクチーの香りのアクセント。かわいらしいミニチャーハンは、干しエビの風味が効いたおこわみたいで、甘辛く濃い味がビールに最高。焼きそば風フォー炒めは、ピラピラぷりぷりの麺の食感が珍しくて楽しいです。

確かにエスニック的ではあるんだけど、全体的にタイ料理なんかとはまた違う、和食に通じる優しさがある印象ですね。ベトナム料理。

謎の料理の謎にせまる！

さぁ、いよいよ最後にして最大の謎に挑むときがやってきました。上段中央の目玉焼き的ななにか。これはもう、見た目からなんとなく味の方向性が予想できたその他

の料理と違い、なんだかまったくわからない。どうやって食べるのかもわからない。もしかしたらデザートという可能性すらある。

　箸で持ち上げようとしたとたんに柔らかさでちぎれやしないかと、おそるおそるつまんで引っぱってみると、わ！　なんと二段構造になっていて、下にタレが！　完全に予想外。

　このタレ、蜜なのかな？　それともナンプラーなのかな？　うっすら透けて見える中身、お菓子なのかな？　肉なのかな？　え～い、考えててもわからん。ひと思いに食ってやれ！　と、まずは下段の物体にタレをかけて口のなかへ。もぐもぐもぐ……え～と、ん？　ん～……なんだろう？　これ。食べてみてなおわかりませんね。とりあえず、タレはしょっぱいナンプラー系。で、皮というのかな、外側の白いの。これがとろとろモチモチで、強いて近いものをあげるとすれば、え～となんだっけ、この食感……あ！　あれだ、くず餅。くず餅に近いかもしれない。そしてなかの具。これまたとろりと柔らかく、肉と野菜、なのかな？　そうだろうな、きっと。って、けっきょく味はどうなのかというと、うん、未知ゆえに不思議さが勝ってしまうけど、美味しいですよ。間違いなく。

　さて、次は上段だ。まずは中身を確認しようと、皮をひとかじりしてみます。する

こういう構造!?

と出てきたのは、なんと！　ゆでた海老だ。そうきたか〜。はいはい、これはうまい。謎のくず餅的食感にすでに慣れたというのもあるけど、このとろモチ皮とぷりぷりの海老、そしてナンプラー風ダレのハーモニーはすごくいいですね。ゴクゴクゴクっと残りのビールを飲み干し、ごちそうさまでした。

あとから調べてみたところによると、この料理、「バンクン」というベトナムの蒸し春巻きだそうです。クレープ状に広げた米粉の生地を蒸して、具材を包んだものだそう。なるほどね、世界にはいろんな料理があるもんですな。

〈2020年12月4日〉

奇跡の復活！ 所沢の名酒場

大好きだった店が、突然の閉店

埼玉県の所沢という街に、かつて老舗の名酒場「百味」がありました。いや「かつてありました」という表現は正確ではないな。まぁ、ひとまず話を進めさせてください。

僕の住む西武線沿線の駅ということもあり、もう10年以上前からずっと大好きなお店。所沢って、どちらかというと「プチ渋谷」とか「プチ池袋」といったイメージの若者の街。メインの繁華街「プロペ通り」も、新しいチェーン店ができては入れ替わりといった感じで、一見僕のような場末の酒場好きが好むお店はなさそうなのですが、その通りのとあるビルの地下に、百味はいきなり存在していました。まず入ってびっくりするのは、１００人は余裕で入れるんじゃないかという開放的な巨大空間。しかもなんと、オープンが午前11時。というわけで、所沢の酒飲みは基本的に全員ここに集まり、昼間っから大喧騒のなかで飲むのが定番なのでした。

百味の創業は昭和40年ごろ。同じく西武線沿線のひばりが丘で誕生し、一時は10店舗近くまで増えた人気店で、ここ「プロペ店」ができたのは昭和58年。以来、バブル崩壊の影響などもあり他の店舗が次々と閉店していくなか、プロペ店だけは常に大繁盛で、その歴史を重ねてきたそうです。

ところが、悲しすぎる知らせを聞いたのは半年ほど前のこと。なんとその百味が、新型コロナウイルスの影響により、今年の5月12日をもって閉店してしまったのです。

実は昨年末、とある媒体の取材で百味に伺い、店主さんにいろいろとお話を聞かせてもらう機会に恵まれました。そのときは明るく「来年の4月からは全席禁煙になるから、そのことも書いといてね！」なんて言っていたのに、まさかの展開。もうあの空間で昼間っからお酒を飲むことができないなんて。あぁ、コロナウイルスが、そして何もできない自分が憎い……悲しい……。

まさかの復活!?

ところが状況は一転、想像すらしていなかった嬉しいニュースが耳に飛びこんできたのはつい先日のこと。なんと、百味の前を通りかかった知人が「再開する」という看板を見たと、SNSに写真をアップしていたんですね。

それによれば、なんと百味は、12月9日に再オープンするらしい。僕、あまりの驚きと嬉しさにいてもたってもいられなくなり、わざわざその看板を確認しに行っちゃいましたよ。

数年前からの東京オリンピックに向けた都市再開発、加えてコロナウイルスの影響により、閉店してしまった大好きなお店は数知れず。もはや悲しむことにも慣れっ子になってしまっていた感すらある現在の状況において、こんなにも胸が熱くなるしらせがあるでしょうか。

はい。もちろん、記念すべき再オープンの瞬間に合わせて行ってきました。

百味は娘が生まれる前、妻ともよく行っていた店。妻にそのことを教えてあげると「仕事を休んででも行く！」とのこと。僕も仕事を休んで、じゃなかった、この「つつまし酒」に書けばそれはそれで仕事になるので、これも間違いなく仕事ということで、夫婦でやってきました。

所沢駅の改札を出たとたん、お店から続く長〜い行列ができていたらどうしよう？と思い、オープンの30分ほど前に現地に来てみたのですが、行列はなし。そして気づ

確かに間違いない！

く。あれ？　前は11時オープンだったからそれに合わせて来ちゃったけど、先日この目で確認したはずの看板に、赤字ででっかく「正午オープン」と書いてあるぞ。前のめりすぎてぜんぜん見えてませんでした。というわけで、若干あきれ顔の妻とぶらぶら散歩をして時間を潰し、あらためてオープンの10分前くらいに来てみると、おお！15人くらいの行列ができている！

最後尾に並び、前にいたいかにも酒場が好きそうなお兄さんと「嬉しいですね～」なんて、なんとなく世間話をしていると、どうも相当な常連さんだったようで、いろいろと裏事情を教えてもらうことができました。

百味の前店主、大久保金一郎さんが閉店を決めたあと、このビルの大家さんは「こんなにもたくさんのお客さんに愛されている店をなくしてもいいのか？」と感じ、とりあえずお店をそのままにしておいたのだとか。その後、新しいオーナーが決まり、元従業員の方々で再び働ける方は呼び戻し、ついに百味は奇跡の復活を果たした。といったところが、大まかな流れなんだそうです。なんていい話。

夢……じゃ、ないんだよね？

さぁ時間になりました。並んでいるお客さんたちの、喜びに満ち、もはやニヤニヤがおさまらないといった表情が最高にハッピー。気分はディズニーランドの人気アトラクション。ちょうちんやメニュー、階段などところどころがきれいになっているのがまた、これからさらなる歴史を重ねてくれるんだなと感じられて嬉しいですね。

扉をくぐると、おぉ、内装はほぼ以前のままだ。あ、あそこにいるのは、この店のオープンから働いているというなじみのお姉さん。ははは、喫煙室が新設されてる。気合入ってるなぁ。あぁ嬉しい。なんて言いながら、いつものテーブル席に着く。まずは生ビールに、これだけは外せない「辛口つくね」を2本。それから「刺身3点盛り」に、日替わりの「かすべ煮」あたりを頼んでみましょうか。

ごくごくごくっ……うおー！　う、うますぎる！　まさかまたこの空間で生ビールを飲めるなんて、絶対にありえないことと思っていたので、本当になんだか夢でも見てるみたいです。酒飲みとして、こんな幸せな経験はなかなかできないぞと、しっかりとこの気持ち、味を記憶にとどめておきましょう。

久々のオープン、しかも、タブレットなどの新システムの導入により、各テーブル

生ビール到着！

への料理の到着が若干滞り気味になっていますが、それでもみんなニコニコと思い思いのお酒を飲んでいる。なんて幸せな空間なんでしょうか。

しばらくすると我々のテーブルにも料理が届きはじめました。これこれ！　この、どっしりと食べごたえがあって、ぷりぷりっとしてて、甘辛いタレとピリ辛のアクセントが最高にうまい、他のどこにもないつくね！　ビールはとっくに飲み干して注文しておいたホッピーとの相性がたまらなすぎる。

まぐろ、ブリ、タコの刺身3点盛りも極上だし、軟骨までとろとろのかすべ煮もお酒がすすむな〜。

妻は外に飲みに来ること自体がかなり久しぶりで、「やっぱり居酒屋っていいね〜」なんて言っている。僕もなんだかテンションが上がって、その後もいつも以上に遠慮なしに、あれこれ頼んでしまいました。

初めて頼んでみた「海老春巻」のサクプリ食感、いいな〜。「鉄火巻き」も豪快な量で、シメにもつまみにも最適。「チューハイ」を追加したら、なんと230円。百味のチューハイって、こんなに安かったっけ!?

これからはまた、いつでも好きなときに百味に来て飲めるんだなぁ。とはいえ、一度は閉店してしまったことからもはっきりしているとおり、永遠に存在し続ける店な

百味名物の「辛口つくね」

かすべ煮はこれで550円

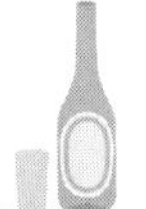

んてない。今後はさらに1回1回の機会、1軒1軒との出会いを大切にお酒を飲んでいかなければな。と、あらためて感じさせてもらえた、良い昼酒でした。

〈2020年12月11日〉

年を重ねるごとに感じる巻物の良さ

夢……じゃないんだよね？

定食屋飲みとはハムエッグ飲みである

イルミネーションがむしろ寂しい年末

その日の仕事は阿佐ヶ谷で終わりました。時刻はちょうど夕暮れどき。となれば、ちょっと一杯ひっかけて帰ろっかな、となるのは当然です。

かなり久々にやってきた阿佐ヶ谷の街を、ぷらぷらと歩いてみる。クリスマス直前ということもあって街じゅうがきらびやかな雰囲気に包まれているのですが、今年は本当に不思議な年になりましたね。コロナの影響で、驚くほど人出が少ない。キラキラとしたイルミネーションがむしろ寂しい年の瀬。こんな年末はかつてなかったなぁ。なんて思いながら、なるべく密を避けて飲めそうなお店を探します。

すると、お、なんとも渋い「太福（だいふく）」なる定食屋があるじゃないですか。窓から覗くと店内に先客はなし。年季の入った短冊に魅力的なメニューが並んでいます。さらに看板を見ると、「お食事処　定食」の横に「お酒のみ処」の文字が。いいなぁその表現。

2020年末ならではの光景

「お酒のみ処」

なんだか寂しい今日の気分をほっこりと温めてくれそうで。よし、今日は定食屋飲みに決まり！

定食屋ではなぜかハムエッグ

ピシッとした雰囲気の女将さんがひとりで営む、カウンターだけの店内。古いけれども掃除がゆき届き、どこもかしこもピッカピカで空気まできれいに感じるという、良き大衆酒場のお手本のようなお店ですね。

まずは瓶ビールを頼むと、「これ、めしあがってください」とサービスの白菜漬けがついてきました。嬉しいなぁ。控えめな漬かり具合で白菜の甘味が引き立っていて、すごく美味しい。

さて、おつまみはなにを頼もうかな。壁にはフライものに炒めものに焼き魚にと、いかにもなメニューがずらりと並んでいます。が、僕が定食屋で飲むとき、メニューにあればつい頼んでしまうのが「ハムエッグ」。その他のラインナップと比べてもとりわけ簡単で、その気になれば家でだって作れるのに、なんで定食屋に来ると頼みたくなっちゃうんだろうなぁ。とにかくもう気持ちがハムエッグになってしまった。そ

人を幸せにする小鉢

れと、サブに「あげなす」ももらおうかしら。うんうん、そんなところでしょうね。

やがて、湯気をあげてハムエッグが到着。ほほうなるほど。目玉焼きがふたつの下に、丸いペロンとしたやつじゃない本格ハムが2枚。その下にたっぷりの千切りキャベツ。やったやった。あとでこれもソースをかけてつまみにしよっと。

女将さんに「軽くお塩をふってありますけど、もし必要でしたらマヨネーズなんかもありますからおっしゃって」と言ってもらい、せっかくなので片方の目玉焼きにだけマヨネーズをくるり。はい、準備完了！

結論、訂正します

まずは目玉焼きの白身の部分だけを箸でちぎって食べる。こうしてじっくり味わってみると、けっこうしっかりと味があるんですよね。白身って。適度な塩気がビールに合うなぁ。

お次はハム。ズルリと引き出してみると、うわ、でっかくて厚切りで、なんとも頼もしいハムだ。もぐもぐもぐもぐ。しっかりとした歯ごたえと肉の旨味。

ただしハムエッグの本番はここから。いよいよ半熟の黄身をつついて崩し、とろり

これぞ定食屋！な光景

と流出させる。その黄身を時に白身に、時にハムに、もしくは両方に、なんだったらマヨネーズなんかも融合させたりしながら、食べる！　飲む！　食べる！　飲む！

ふぅ。定食屋飲みとはつまり「ハムエッグ飲み」なんだよなぁ……。

やがて、女将さんが目の前で揚げてくれたあげなすも到着。大根おろし、おろしショウガ、小ねぎにかつお節たっぷりが嬉しい。ジュッと醤油を回しかけ、箸でちぎってほおばれば、始めはパリッと香ばしく、続いてとろりと甘いナスのうまさにうっとり。ナスと油って本当に最強のタッグですよね。

このあたりでビールが底をつき、まだまだおつまみは潤沢。なにかもう一杯もらいましょう。今日の気分にぴったりなのは、うん、焼酎のお湯割りだ！

お湯割りは、とっくりに水割りを作ってレンチンするスタイルですか。なんだかいいな。普通に作るよりありがたみが増す気がして。ちびりと飲めば、じわりと体も心も温まる美味しさ。やっぱり正解。

しばらくして揚げナスも千切りキャベツも食べきってしまったけど、まだお湯割りは残っています。なにか軽い……うん、「納豆」あたりもらいましょうか。

すぐに小鉢の納豆がやってきました。家では面倒でなかなかやらない、小ねぎたっぷりがこれまた嬉しいですね。醤油を回しかけて豪快にかきまぜ、ちびちびとつまみ

懲りずに頼んでしまうのは
この喜びを知っているから

うるわしいあげなす

にする。わはは。その気になればいつまでも飲めるやつだ、これは。

定食屋における納豆って、正しくは食事にプラスするサイドメニューという位置づけですよね。が、そういうちまちましたものをつまみと考えてお酒が飲めてしまうのがまた、定食屋の良さでもある。定食屋飲みとはつまり「納豆飲み」なんだよなぁ〜。

……って、あれ？　さっきまでは「ハムエッグ飲みである」とか言ってたんでしたっけ？　僕。すいません。酔いが回ってなんでも良くなってきてしまいました。

じゃあ結論のほうを訂正。「定食屋飲みは自由である！」。これでどうでしょう？


〈2020年12月25日〉

ほわ〜

100円おせちの実力やいかに

引き続きつつましく

新年、明けましておめでとうございます。今年も何卒よろしくお願いいたします。はい。酒飲み的には「激動」だったんだか「激静」だったんだか、なにがなんだかわからなかった2020年が終わり、ついに新しい年が始まりました。さぁ、気分を変えて今年こそは飲んで歌ってぱーっと騒ごう！　といきたいところですが、新型コロナウイルス関連の状況は想像を超えて悪化の一途。引き続き、いや、昨年にも増して、今までとは違ったお酒の楽しみかたや家飲みの新たなる可能性を、つつましくも激しく探究していく1年になりそうです。

ところでお正月休み、みなさんはどのように過ごされていましたか？　きっと昨年までとは違う年末年始になったという方、多いですよね。我が家も、基本的に両家の実家に帰って慌ただしく過ぎていくのが通例だった昨年までとは変わり、もちろん帰省はせず、混雑が予想される初詣にも行かず、ひたすら家でだらだらしていました。こんなにぼーっと過ごした三が日はいつ以来だろうか。

加えて、昨年までと変わったことがもうひとつあります。それが「おせち」事情。

今年のおせち予算は「カニ」に全振り

かつては年末が近づくとデパートやスーパーでパンフレットをかき集め、それらを比較検討してその年のおせちを選ぶことが楽しみでした。しかも、早いうちに予約しないと人気のおせちはどんどんなくなっちゃうので、ちょっとあわて気味に。で、それを実家に持ってったりして、ちびちびとつまみながら過ごす新年こそが至福と信じて疑わなかった。

ところが今年はそういう予定もないし、そもそもなんというか、よ〜し、おせちを選ぶぞ〜！　という気分にもならなかったんですよね。あまりにも年末感がなさすぎたからかな？

そこで思いついた。パンフレットに載っているようなおせちって手頃なものでも2〜3万円はするじゃないですか。我が家でもたいていそのくらいのものを買っていた。

じゃあ今年は思い切ってその予算、「カニ」に全振りしてみるのはどうだろう？　と。カニ好きの妻もその方針に大いに賛成してくれ、思いきって注文したのが、1万数千円のタラバガニ。こんな機会でもないと絶っっっ対に買えないやつ。

これがもうね、幸せすぎた！　ぶっとい足や爪に味の濃い身肉がパンッパンに詰まってて、それこそ関節のところをほじくるだけでもブリンブリンとお茶碗一杯ぶんくらいの身が集まる。それを口いっぱいにほおばり、よ〜く味わったらそこに日本酒を流しこむという、罪深き行為！

娘はまだカニには興味を示さず、いつもどおりバターを塗ったパンなどを喜んで食べているので、妻とふたり、もう食べられない！　ってくらいのカニづくしを2日連続で味わうという、なんとも贅沢なお正月を過ごすことができたのでした。

おせちにかけた予算は1000円

さてさて、ここからやっと本題。

カニとともに始まった2021年なのですが、とはいえおせちも味わいたい。そこで思い出したのが「100円おせち」の存在。昨年「ローソンストア100」でその

どーん！

これもんの身がたらふく

存在に気づいたんですが、年末が近づくと特設される棚に、多種多様な適量サイズ小分けパックのおせち料理がずらりと並びはじめるんですよね。で、これが、そこまで気合を入れるほどではないけどおせち気分を味わいたい人にぴったりだと、近年流行ってるんだそうです。

よし、今年は予算をカニに使ったぶん、おせちのほうはこっちでいってみよう！

まだまだいっぱい種類はあったんですが、僕がチョイスしたラインナップは「鮭昆布巻」「伊達巻」「黒豆」「あさり」「田作り」「いか黄金」「炙り焼き合鴨スライス」「お煮しめ」「豚の旨煮」「紅白かまぼこ」の10種類。もちろん、ぜ〜んぶ100円！

これをですね、年末に買ってつまみにし、洗ってとっておいたオードブルの空き容器に、ひとつずつ詰めていきます。

すると……わ！　想像の何倍もちゃんとおせち！　すごい！　昨今のコンビニさんの企業努力には、本当に驚くばかりですね〜。

そりゃあ主役級の豪華なものは入ってないけど、鴨肉は上品な味つけでしっとり。いか黄金の宝物感も素晴らしい。お煮しめなんか、この器にはとても収まりきらないくらいたっぷりと入ってて、具沢山で味しみしみ。お正月以外には滅多に食べない、ニシンの昆布巻きやら、田作りやら、黒豆やらのしみじみとした美味しさもいいです

買ってきました10種類

こんなにもおせちとは！

ね〜。当たり前だけど、どれもしっかりと作ってあります。

このおせちが予算たった1000円で買えてしまって、テーブルには1日で食べきれないほどのタラバガニ。合わせても2万円にいかない。なんて贅沢なお正月なんでしょうか。

そもそもおせちのなかをよく見ると、エビ、イクラ、肉系なんかの主役級のわきに、正直入っていてもものすごくテンションが上がるわけではない、栗きんとんやら、なますやら、煮ゴボウなんかがけっこうな容積を占めてるじゃないですか（個人の見解です）。それを考えると、今年の一点豪華＋お手軽お手頃おせち大作戦はかなり成功だったんじゃないかなと。

はぁ、いい正月休みだった。

〈2021年1月8日〉

誰が見たってお正月の景色

ひとり用炊飯器は最強の家飲みツール!?

炊き込みごはん専用に買った炊飯器だったけど

実は僕、けっこう〝やる〟タイプの男なんですよ。なにを〝やる〟って、「炊き込みごはん」の話なんですけどね。ご存知ですかね？　炊き込みごはん。通常、炊飯器などで白いお米を炊くところ、なんらかの具材やら、だし、調味料なんかを一緒に入れて炊くごはんのことなんですよ。それをね、常日頃からけっこう〝やる〟タイプの男だという話なんです。僕が。

でね、一応家にはメインの炊飯器があるわけです。ただそれは、あくまでメインであって、基本、家族が主食として食べる白いごはんを炊く用。我が家は3人家族で子供もまだ小さく、夜に炊いたお米のあまりを保温して次の日に持ち越すなんてことも珍しくない。となるとですよ？　ある朝起きた瞬間に突然「うわ、炊き込みてぇ……」と思っても、炊飯器がふさがっているわけですね。「じゃあお鍋ででもなんでも炊けばいいじゃん」って？　いやそう、おっしゃることはごもっともなんですけどもね、僕、炊き込みごはんのレシピを記事に書いたりすることも多くて、仕事で炊き込むこともけっこうあるんですよ。俗に言う「ビジネス炊き込み」というやつですね。そういう場合、やはりなるべく読んでくださったみなさんがまねしやすいほうがいい。つまり「お米とあれとこれを入れて炊飯器のスイッチを入れるだけ！」というような感じにまとめたい。そう書くからには、実際にそうしないわけにはいかないじゃないですか。

という経緯もあって最近、炊き込みごはん専用にと、最大1・5合炊きの小型炊飯器を買ったんです。これならいつでも好きなときに自由に炊き込めるぞと。で、そいつが届いてみて気がついたんですが、実はこれが単なる炊飯器の枠を大きく超えた、最強の家飲みツールだったんです！

自宅にいながら酒場気分

その商品は、パナソニックの「ミニクッカー」。スイッチがひとつあるだけのレトロな見た目が大変に可愛らしいですね。ざっくり言うと、容量を計ったお米と水をセットし、パチンとスイッチを下げるとランプが点灯して炊飯が開始される。15分くらい経つとパチンとスイッチが切れ、そのまま10分くらい蒸らしておけば炊飯完了。ちゃ〜んと美味しいお米が炊けるというすぐれもの。上にガラス製のフタがのっているだけなので、お米が炊けてゆく様を、へぇ〜そうなってたんだ、なんて言いながら眺められるのも楽しいです。

が、取扱説明書を見ると、商品名が「ミニクッカー」というだけあり、実は炊飯だけでなく、カレーやら肉じゃがやらシチューやらみたいな簡単な煮込み料理も作れるそうなんですね。ほうほう、そりゃあいいやと思って、試しにその夜、このミニクッカーに、水と雑に切った豆腐、長ねぎを入れて湯豆腐をやってみたんですが、これが素晴らしかった。

スイッチを入れてほっておくと、10分くらいでぐらぐらとゆだりはじめ、どういうメカニズムか、炊飯のときのようにパチンとスイッチが切れることもなく熱々をキープしてくれる。火を使わないから卓上で使えるし、ミニサイズだからじゃまにもならない。目の前に常に熱々の湯豆腐があって、それをちびちびとつまみながら飲める。それだけでもかなり〝買い〟じゃないですか？

説明書には煮込み料理のレシピなんかも紹介されているんですが、いかんせん作れ

試しに湯豆腐を

る量は限られています。カレーなどはやっぱり大鍋でたっぷりと仕込みたい。むしろこのミニクッカー、汁気のあるおつまみを保温しながら卓上でつまむ、晩酌グッズとしてのポテンシャルに満ちているのではないか？　そう考えた僕は翌日、スーパーで300円ほどだったパックの「ピリ辛もつ煮」を買ってきてみました。これをカットした豆腐半丁の上からかけ、スイッチオン。

これまた最高。クニュクニュと柔らかいモツと濃い味の染み込んだ豆腐が、完全に居酒屋の味。ふわ～んと顔を包みこむ煮込みの湯気の効果もあって、自宅にいながら酒場気分は最高潮ですよ。

さらにまさかの使い道も！

そんなわけで、最近はこのミニクッカーが、食卓の僕のスペースのすみに常に置きっぱなし。スーパーに買い物に行くたび、今日は何をグツグツしてやろうか？　と、良さそうな汁っ気つまみを探すのが日課になってしまいました。

なかでもこの炊飯器と相性がいいと思ったのが、おでん。これまたスーパーで、2袋で300円ほどと激安だったパックのものに、家にあったソーセージを2本ほど足

すぐにグツグツ

もう、毎晩こんな

してやっただけで、ちょっとすごいんですよ、その幸せっぷりが。

ちなみに翌朝は、食べ残した大根と残ったおでんの汁で、本来の用途である炊き込みごはんをしてみたんですが、その「おでん茶飯」のまたほっこりと美味しかったこと……。

あ、そうだそうだ、最後にもうひとつ、衝撃のお知らせをしなければいけなかったんでした。驚かないでくださいよ？　いや、驚いてもいいか。実は、この炊飯器、「燗酒器」としても優秀すぎるのです！

スイッチを入れれば5分ほどでぬる燗になり、そのままにしておくとちょっと温まりすぎてしまうので、たまにお銚子を手で触って温度を確認したりしながら、適宜スイッチを切ったりする。そういう作業が必要ではあるのですが、そこがむしろ老舗酒場の主人になったみたいで楽しいんですよね。

寒い季節、手の届く場所に常に燗酒があるなんて酒飲みにとってこのうえない喜びだし、火を使わないから危険も少ない。もはやこれ、まったく同じ商品でありながら、燗酒器として再び売り出してもいいレベルじゃないでしょうか？

ただし、このミニクッカーにたったひとつだけ、不満がないこともありません。それは、お酒をお燗していると、同時にグツグツおつまみが食べられないこと。

つまりこういうこと

……う～ん、もう1台買うかなぁ。

〈2021年1月15日〉

チェアリング新時代

ここにきてあらためて楽しい

飲み友達のライター、スズキナオさんと僕とで数年前に始めた遊びに「チェアリング」というものがあります。簡単に説明すると、チェアリングとは、「アウトドア用の椅子を持って屋外へ行き、公園や水辺などの好きな場所に置いて、そこでひととき、お酒を飲んだりリラックスしてすごす行為」のこと。

初めて試してみた日からずっと楽しく、今も飽きずにやっている趣味なのですが、最近そこにちょっと新しい動きが見えはじめました。というのは、かなりお気軽かつ密にならないアウトドアレジャーであるチェアリング、実はコロナ禍にぴったりの息抜き法なんじゃないか？　ということで、WEB、新聞、雑誌、TVなどのメディアで取材を受けることが急激に増えたんですよね。ざっくりと昨年の4月以降に自分がSNSに書いた告知を見返してみても、雑誌「散歩の達人」、「毎日新聞」、NHK

「ひるまえほっと」、雑誌「Ｈａｎａｋｏ」、雑誌「料理通信」、フジテレビ系「めざましテレビ」、雑誌「Ｄａｙｔｏｎａ」、ＴＢＳテレビ系「新・情報７ｄａｙｓニュースキャスター」、ＡｂｅｍａＴＶ「ＡＢＥＭＡ Ｐｒｉｍｅ」、「東京新聞」……と、多い多いとは思ってたけど、こんなにも取材してもらってたんだな。いや、ありがたいことです。もちろん、チェアリングの名づけ親であるナオさんに単体で取材をされた媒体もありますし、現在進行中のものも複数ある。そんな状況には自分たちがいちばん驚いている次第です。

とはいえ僕たちには、特に「普及させたい！　流行らせたい！」という思いはなく、「好きだから勝手にやってますけど、楽しいから興味ある人はぜひ」ってくらいのスタンスでずっとやってきたので、あんまりそういう流れとは関係ないのですが、ここにきてあらためてチェアリングが楽しいんですよね。どうしても閉塞感を感じがちな日々のなか、やっぱりゆるくて楽しい遊びだなぁと。

新感覚のニューチェアを導入

そんななか、最近手に入れた新たなるチェアリンググッズがありまして、これがすごいのです。僕のなかで勝手にチェアリングが新時代に突入した感すらある。どういうものなのか一言で言うと「椅子が内蔵されたバッグ」ということになります。

以前、偶然通販サイトで見かけて以来、ずっと気になってたんですよね。椅子一体型バッグの世界。「椅子　バッグ」なんてキーワードで検索するとけっこういろいろ見つかって、しばらくの間、いいな〜ほしいな〜なんてあれこれ眺めていたんですが、先日、ついにがまんの限界がやってきて、カッとなって注文してしまったというわけ。自分なりに比較検討し、かなり吟味を重ねただけあって、これがかなり理想通りのニューチェアリンググッズだったんです。

ちなみに僕がバッグに求める条件はいくつかあります。以前それに見合ったバッグを見つけて以来、ヘタったら同じモデルの新品を買って使い続けてるくらい、その条件が重要。

- **両手が自由でいたいので、バックパックであること**
- **背面のポケットに財布を入れておいて、背負った状態で取り出せること**
- **同様に、パス&キーケースも背負った状態で取り出せるポケットがあること**
- **サイドにドリンク用のポケットがあり、サーモスの保冷缶ホルダーが入れら**

一見ごく普通のバックパック

れること

こんな感じです。最後の条件はもちろん、いつでもスマートに外飲みができるように。今回購入した、ＴＨＡＮＫＯ「シュパッと1秒！ どこでも座れるリュック」は、なんとほぼその条件をクリアしてくれているんですよね。唯一、ドリンクポケットがちょっと浅めで、サーモスの缶ホルダーを入れておくと気づかないうちに落ちてしまいそうで心配なので、とりあえず布製のペットボトルホルダーで代用しています。

僕がふだん愛用しているのは５００ｍℓ用の缶ホルダーなので、ここにスポッとはまりそうな３５０ｍℓ用、買っちゃおうかなぁ……。

気になる総重量は９５０ｇ。知らないで持ち上げたら「若干重めのカバンだなぁ」くらいは思うかもしれませんが、それでもまさか椅子が内蔵されているとは思えない軽さです。椅子の耐荷重は80ｋｇ。内容量は18Ｌ。保護ケースに入れたノートＰＣに、デジカメに、その他日用品をあれこれ、みたいに詰めてってもまだ余裕があって、ふだん使いにはじゅうぶん。キャベツなら2個、白菜なら1個が限度って感じかな。背負ってみると、確かに普通のカバンとは違って背中に「板感」を感じはしますが、別に日常的に使って支障があるというほどではないです。

500mLの缶を入れるとこんな感じ

思い立ったら5秒後には座っている

さてさて、いよいよこのバッグを椅子として使っていきたいわけですが、いや、初めて広げてみた時は本気で感動しましたね。椅子は背中にあたる部分のカバーの下に隠れていて、マグネット構造でしまってある。そのカバーをパッとはがすと、まさに商品名のとおり、シュパッ！　と、1秒くらいで椅子が飛び出すんです。そこに背中のカバーをかけるとクッション代わりになって、背もたれこそないものの、ぜんぜんゆったりとリラックスできます。あらためてすごいな、このバッグ……。

いつでも座れるという自由

これまでのチェアリングは、さすがに「よし、チェアリングに行こう」と思わないとできませんでした。つまり、家から椅子を持って出ることが絶対条件だった。ところがこのバッグなら、例えば公園を散歩していて、「あ、もう寒梅が咲いている」なんて景色に出会ったら、パッと椅子を出してほんのわずかの梅見休憩をすることもできるわけです。

そりゃあもちろん、背もたれもアームレストもない簡易的な椅子なので、じっくりゆっくりリラックスしたいならアウトドア用の折りたたみチェアを持ってきたほうが

咲きはじめた寒梅の下で

いい。でも、この椅子でもチェアリングの魅力はじゅうぶんに味わえます。それに、「今の自分、いつなんどきでも座れるんだ」という心の余裕、なんだか嬉しいじゃないですか。

先日、仕事で品川に行く予定がありました。となればついでに運河沿いでチェアリングでもできたら最高。仕事先に無闇にアウトドアチェアを持っていくわけにはいかないけれど、このバッグで出かければ、それが簡単に叶ってしまうというわけで。いや〜本当に買ってよかった。椅子バッグ。これからもいろんなところに座っていくぞ〜！

〈2021年1月22日〉

水辺はいつだって最高

アーバンリバーサイド満喫

雪見酒

雪？ こうしちゃいられない！

朝から仕事場で長めの原稿を書いていました。どんな仕事もそうだと思うんですが、とりかかるまでがいちばんめんどくさいんですよね。僕の場合も、たいがいはなんとか1～2行でも書きはじめてしまえば勝手に頭が回転しだし、やがて気持ちもノッてきて、集中していたらお昼を食べることも忘れて3～4時間ひたすらキーボードを打っていた。なんてことは珍しくありません。

午後2時半ごろ。やっと原稿を書き終え、もう一度頭から読み直して気になるところを直し、編集者さんに送信。ふぅ、お茶でも入れるか。なんて席を立ち、台所から窓の外を見て驚きました。あれ？　すっごい雪降ってる！

どうりでなんだか静かだったわけだ。別に僕の集中力が高まったあまり、〝ゾーン〟に入ってたわけじゃなかったんだ。しかも、ほんのりと積もりはじめてるじゃないで

突然の雪景色

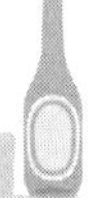

すか。今日、雪の予報なんてあったっけ？　とにかくこうしちゃいられない。ゆ、ゆ、雪見酒のチャンス！

　雪による被害が深刻な北国の方には申し訳ないと思いつつ、僕の住む東京都心部に雪が降るのは、年に数回程度。積雪ともなれば、年に一度あればいいほう。この、いつも知っている風景が真っ白く化粧される非日常感に、僕はどうしてもわくわくしてしまうんです。そしてまた、酒飲みは非日常を酒のつまみにしたがるもの。雪なんか見てしまったら、酒を飲まないでいられるわけがないんですよ！

　ちょうど原稿もひと段落ついたところだ。この雪だっていつまで降っているかわからない。僕はたまらず、仕事場を飛び出しました。

雪見酒会場をもとめて

　もちろん向かうのは、近所の石神井公園。その前にコンビニに寄って、酒とつまみを調達しなければいけません。

　さて今日はなにをつまみになにを飲んでやろうか……なんて、ゆっくり店内を見て回ってたら肝心の雪がやんでしまうかもしれない。いつになくあわあわとテンパる状

いいなぁ、雪景色

聞こえるのはパチン、パチンと将棋をさす音だけ

況ですよこれは。それでも頭を仕事のとき以上にフル回転させて買い物&準備をすませ、向かうは公園最深部、三宝寺池のほとりにあるお気に入りの東屋。

アスファルトの道路に降る雪はそのまま溶けてしまっているけれど、公園の枯葉に覆われた地面や木道には、すでにけっこう雪が積もっていますね。久しぶりにザッザッザッと雪を踏みながら歩く感覚が嬉しい。

さすがにこの天気で公園に人出はほとんどなかったものの、東屋に到着すると先客あり。なんと、ふたりのおじさんが屋根の下で将棋をさしています。どんだけ風流な先輩らなんだ！　となると、その横でゴソゴソとお酒を飲みはじめるのも気が引けるし、そもそも自分が落ち着かない。しんしんと降る雪にすべての音が吸いこまれてしまったような静謐（せいひつ）の風景をそこでしばらく堪能したら、別の場所を探して移動することにしました。

幸い、広い園内にまだまだ東屋はある。次に向かった石神井池ほとりの東屋は……よし、無事空席。今日の雪見酒会場は決まったな。

近所にこんな風景があるのが、我が街の良さだと思う

なんとも風流じゃないですか

樽酒熱燗計画は……

ベンチに座り、買ってきたものをテーブルに広げます。おつまみは、コンビニで買って持参した真空断熱スープジャーに作らせてもらった松茸味のお吸い物と、だし巻き玉子。お酒は、菊正宗のカップ樽酒。

さらに今日は、いつかこんな日がやってきたときのためにとカバンに入れて持ち歩いていた秘密兵器があります。ずばり、携帯型の湯沸かしキット。専用の容器に発熱剤を入れて水を注ぐと内部温度が１００度手前まで上昇し、火を使わなくてもお湯が沸かせたり、レトルト食品を温めたりできるというすぐれもの。各社からいろいろと種類が出ている災害時などに便利なグッズですが、僕が買ったもののパッケージには「カップ酒にも」とはっきりと書いてあったので、何のうしろめたいこともありません。これなら火器の使用禁止な場所でも燗酒が楽しめそうということで、そのチャンスをうかがってたんですよね。

発熱剤に水を注ぐと、すぐに湯気をあげはじめる湯沸かしキット。そこに樽酒をセットし、熱々のお吸い物をすすりながらしばし待ちます。以前カップ酒でテストした時は10分も待たずちょうど良くお燗がついたので、そのくらいでちびりと飲んでみる。

こんなラインナップ

では、雪見酒、始めます

すると、あれ？　まだまだぬるいなぁ。さらに5分ほど待っても、相変わらずお酒は超ぬる燗のまま。

うーん、もしかしてこれ、お酒選びをミスったのかもしれません。というのもこのカップ酒、底面が若干底上げされている形状の関係で、お酒と発熱剤の間に空間ができてしまってるんですよね。要するに、ガラス製のカップ酒のようにピタリと接地しない。そのため温め効率が悪かったというのが考えられる理由かなぁ……。

とはいえ、こっちにはお吸い物があるから体が冷えることはない。初めて買ってみたセブンイレブンのだし巻き玉子、上品なだしがじゅわっと染みてめちゃくちゃ美味しく、冷たいそれをひとかじりしたら、ぬる燗の樽酒でじんわり溶かす。それを堪能したら、柚子香るお吸い物で温まる。三者三様の良い香り。このくり返しが、むしろいいバランスかも。

なにより、屋根に守られた快適空間のすぐ外には雪景色。ふだんは人出の絶えない公園も、今日はほぼ貸し切り。そんな非日常をつまみに酒を飲めているというこの状況だけで、百点満点でしょう。

あわよくば、今年もう一度くらい降らないかな。東京に雪。

〈2021年1月29日〉

このあとすぐ、雪はやんでしまいました

ひとり芋煮会

明日は芋煮だ！

東北地方の秋の風物詩に「芋煮会」がありますね。家族や友達と河原などに集まり、大鍋で里芋、牛肉、長ネギ、こんにゃくなどを煮て、それをつつきつつ宴会をするという噂の。

若いころは、お花見やバーベキューと比べてなんだか地味に感じることもあり、なんで芋煮？　なんて思ったりもしちゃってたんですが、ああいうものは、歳を重ねるごとにしみじみと美味しく感じるようになってくるもんで。ぜひとも一度、芋煮会とやらをやってみたい。いつからか、そんな思いを抱くようになりました。

ところで先日、仕事で埼玉県の飯能市を訪れる機会があったのですが、その前夜、突然ひらめいたんですよね。「明日は芋煮だ！」って。飯能は自然豊かな街で、入間川沿いの「飯能河原」では火器の使用も許可されており、気候のいい時期にはバーベキュー客で大変なにぎわいとなります。というのは、「突然の野外鍋焼きうどん」の回でも書いたか。

もう秋は過ぎ、冬も終わりに近づいているけれど、最近、日中は日差しがポカポカと暖かい日も増えてきた。予報を見ると明日は天気も良さそうだ。絶好の芋煮日和じゃないか！　と思ったわけです。

コロナの影響で、大勢で予定を合わせて集まったりはできないけれど、ひとりで好きにやる芋煮会ならば、むしろこのご時世向きの楽しみと言えるでしょう。はたしてそれは「会」なのか？　という疑問は残りますが、楽しそうだからなんでもいいや。

というわけで当日、午前中からの仕事をつつがなく終え、いよいよひとり芋煮会のスタートです。

芋煮会に関するさまざまな気づき

今日、家から持ってきたのは、コンパクトな折りたたみテーブル、鍋、コンロ、取り皿用のカップ、小さなナイフとまな板。なるべく身軽でいたかったので、食材はすべて現地調達の方針にしました。

なので、まずは駅ビルのスーパーで買い出し。必要なのはえ～と、里芋、牛肉、長ねぎ、こんにゃく。それからめんつゆがいるな。おっと、酒を忘れるわけにはいかないぞ。それから、芋煮ができるまでの間の軽めのつまみ。そのくらいかな？　あ、シメのうどん玉もだ！　なんてあれこれ買いこみ、徒歩10分ほどの河原まで移動。ここで今回ひとつめの気づきがありましたね。ひとり芋煮会、荷物運びを分担してくれる人がいないので、荷物がめちゃくちゃ重い！

冬の終わりの平日の河原には、人出はほとんどありませんでした。なので無事、トイレや水場が近い場所に陣取ることができ、準備開始。が、ここでもまた新しい気づきが。大きめの里芋が4つ、ぶっといねぎが2本、こんにゃくが1枚。これでもスーパーで売られていた最小単位なんですが、とてもひとりで食べきれる量じゃないですよ。ひとり芋煮会、食材があまる！

続いて小さなテーブルの上にのせたさらに小さなまな板の上という、限られたスペースでの仕込みを始めます。これがまた、ものすご～く大変。特にサトイモの皮むき。自宅だったら一度ゆでたり電子レンジを使うなどして、つるんっとむく方法も使えますが、ここは容赦なき屋外。ひとり芋煮会、家で仕込みしてきたほうが圧倒的に楽！

……って、もう気づきの話はいいですね。

手がちぎれるかと思った

不格好ながら、なんとか準備完了

こんなに楽しいことを隠してたんですね

下ごしらえが終わった野菜類を鍋で煮つつ、いよいよ飲みはじめましょう。

今日の１杯目は「さつま白波ハイボール」。はい。芋煮に合わせて芋焼酎を使ったハイボールを選んでみました。これを、つなぎにしては立派すぎるスモークサーモンをつまみにゴクゴクっとやれば、目に飛びこんでくるのは真っ青な空。う〜ん、まだ芋煮ができてないうちからすでに最高だぞこりゃ……。

しばらく鍋を煮込んだのち、目分量でドボドボとめんつゆを投入。再び沸騰したら、いよいよ肉を加えていきましょう。また、今日買ってきた牛肉が、どう考えてもお買い得だったんですよね。脂身と赤身の対比が美しい国産牛の切り落とし２１８ｇ。なんと税抜き３００円！

なにしろひとり芋煮会ですからね。この牛肉、ぜ〜んぶひとりじめですよ！　あ〜、楽しいなぁ、もう。

いざ本番。欲望のおもむくままに芋煮をむさぼっていきましょう。まずは主役の里芋から。まだほんのりサクッとした食感が残っていて、だしも染みきっていないんだけど、だからこそ素朴な芋自体の味わいが感じられる。こういうのがしみじみとうま

暖かくて上着脱ぎました

牛肉度高すぎの芋煮

いんだよな〜、いよいよ。大好きなねぎもたっぷりで幸せだし、こんにゃくの名脇役っぷりもさすが。そして何より牛肉！　柔らかくて、上品な旨味たっぷりで、つゆのカツオだしの香りとのハーモニーがまたいいんだ。は〜幸せ。完全に到来したな、芋煮の時代が。

さて、鍋の最後のお楽しみといえば、やっぱり〝シメ〟。おおかたの具を食べ終え、うどん玉を投入しようと思うんですが、なんでも聞くところによると、本場東北の芋煮会では、そこにカレールーを加えた「シメカレーうどん」が流行っているのだとか。想像しただけでたまらんですよね、そんなの。というわけで実は、スーパーでカレールーも買っておいたんだ〜。

お酒はこのタイミングで日本酒にチェンジ。さすが埼玉県。スーパーで秩父の地酒「秩父錦」のカップが売られていたので、そちらを。

鍋をつかんで、直接ずるずるとうどんをすする。あ〜はいはい。豪華食材から出ただしがたっぷりと効いた、和風のカレーうどん。言うまでもないわ。言うまでもなくうまいに決まってるわ。いつのまにやらとろりと熱が通り、もはやペースト状と言ってもいい食感の里芋にカレー味が染みこみ、日本酒のつまみとしても、言うまでもなさすぎるわ。

いただきます！

シメはカレーうどんで

うん。なるほどね。こんなに楽しいことを隠してたんですね。東北地方の人たち。
いや〜、気づくのが遅かったなぁ。

〈2021年2月5日〉

たこ焼きとお好み焼きの形、逆じゃだめ？

お好み焼き専用のフライパンを買いました

　実はしばらく前にまたまた新しいキッチングッズを買ってしまいまして。和平フレイズ「簡単お好みプレート 元祖ヤキヤキ屋台」というんですけれども、いわゆる「ホットサンドメーカー」型の円形フライパン。これでお好み焼きを作ると、その構造上、お好み焼き最大の難点である「ひっくり返し」を絶対に失敗しない。我が家ではお好み焼きってそう頻繁に作るメニューでもないし、そもそもひっくり返すときのドキドキも含めてがお好み焼きとも言える。失敗しないだけのために買う？とも思ったたんですが、一度気になると欲しくてどうしようもなくなってしまうのはいつものこと。

　結果、買って後悔はしてません。だって元祖ヤキヤキ屋台で作ったお好み焼き、あまりにも美しい仕上がりで、プロ級っていうかもはや冷凍の市販品か？　ってくらい

こういうものです

美しいんだもん。

しかも、外はカリッとなかはふっくら。屋台なんかで売られている「大阪焼き」(西日本では「リング焼き」などとも呼ばれるそうです)に近い感じもある。とにかく、自分がなんの苦もなく作ったとは思えない完成度に仕上がるので、なんだか料理上手になったような気になれちゃうんですよね。

もちろんこの形なので、パンケーキなんかもきれいに焼けるし、ホットサンドメーカー同様、あれこれ食材を挟み焼きするのにも重宝します。まだ試してないけど、冷凍のピザに具を増して焼くのとかも楽しそうだな〜。

平べったいたこ焼きの味は?

ところで、我が家にはたこ焼き用の鉄板もあります。そこでふと思った。お好み焼きといえば平べったいもの。たこ焼きといえばまん丸なもの。そういうふうに相場が決まっている。けどそれ、逆じゃいけないんだろうか? と。

試せるじゃん、この環境ならば!

さっそくスーパーで、比較しやすいよう同じメーカーのお好み焼きとたこ焼きの粉

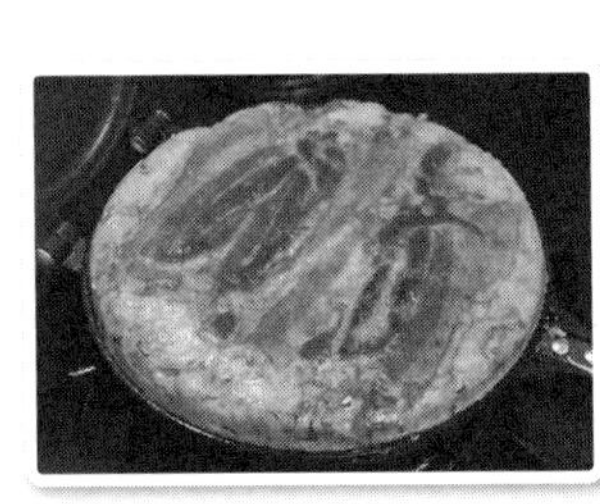
作ること自体が楽しい

やってみよう!

を買ってきました。ソースはちょうど、以前に縁あっていただいた「ダイコクソース」のお好み焼きおよびたこ焼きソースがあったので、それを使います。ダイコクソースは大阪市福島区にある小さなソース会社で、創業大正12年の老舗。今回の検証にはこれ以上ないいんじゃないでしょうか。

まずはたこ焼き粉を袋の指示通りに水と卵で溶き、生地を用意。まずこの時点で気がついたんですが、たこ焼きってキャベツが入らないんですね。いや、入れるお店や地域もあるのかもしれませんが、今回使った粉の材料のところには書いてなかったし、確かに今まで僕が食べてきたたこ焼きにもキャベツが入っていないことが多かった気がする。漠然と、「たこ焼きとお好み焼きって、形以外になにが違うんだろう？」なんて思ってましたが、とんでもないですね。相変わらずぼーっと生きてるな、自分。

そんでまた、たこ焼きの生地、あらためて見るとけっこうしゃばしゃば。どちらかというと液体で、ほんとに固まるの？　って心配になるくらい。そこに、通常と同じようにタコ、あげ玉、紅ショウガ、小ネギを散らし、上からさらに生地をかけて焼きあげれば完成。

生まれて初めて対峙する平べったいたこ焼き。一見するとお好み焼きだけど、箸を入れるとぜんぜん感触が違います。お好み焼きのような渾然一体というよりは、こん

主役のタコをのせていきます

華やかで美味しそうな見た目

な姿形になってもちゃんと、中身のとろもちを外の皮がけなげに包み込んでいる。こいつは間違いなくたこ焼きだ。なんだか頭が混乱してきたぞ。

目安となる穴がなかったので、タコがどこに入っているかわかりません。ひと口に2個のときもあれば、無のときもある。その当たり外れが楽しく、特に無のときの素朴さが不思議と嫌じゃない。というか、むしろ愛おしい。もしかしてたこ焼きには、具なんて入れなくていいんじゃないか？　という気すらしてきます。こんどやってみよっと。

誕生！「練馬焼き」

続いてはお好み焼き。たこ焼きを作ったあとだと、生地のしっかりさはもはや個体ですね。しかもそこに、これでもかってくらいにキャベツが入ってる。こうして見るとお好み焼きって、ほぼキャベツ焼きですね。たこ焼きよりだいぶヘルシーな感じがします。

火が通らないと心配なので、まずはたこ焼き機の穴で豚肉を少し焼き、それから生地を投入。生地が水っぽくないので鉄板の隅々にいきわたってくれず、ちゃんと焼け

お、いい感じに焼けたぞ

これがお好み焼き形のたこ焼きだ！

るのか不安だ。

それでもコロコロと転がしているとちゃ～んと丸くなるのがたこ焼き器のすごいところ。なんとか、見た目は完全にたこ焼きなお好み焼きが完成しましたよ。

これ、食べてみて感動しましたね。たこ焼きのようにもっちりとろとろじゃなく、味も食感も確かにお好み焼き。なんだけど、ぜんぜん違和感がなくて、むしろひと口サイズで食べやすく、ビールのつまみにばっちり！

たこ焼きを平べったく作る意味はあまり感じなかったけど、お好み焼きはこっちのほうがいいんじゃないの!?　とすら。

ちなみに両方のソースを純粋になめくらべてみると、どちらも濃厚な甘酸っぱさではあるんですが、たこ焼きソースはちょっと尖った印象で辛味も効かせてあるのに対し、お好みソースはより野菜を感じる自然な味わいでした。

つまり、たこ焼きとお好み焼きって、同じ粉もんでも驚くほど方向性が違っていて、たこ焼きはちょっとジャンクなおやつ、お好み焼きは野菜もたっぷりとれるメイン料理。という感じになるのかな。

特に関西人の方々にとって、当たり前すぎること言ってたらすみません。

思ったんですけど、たこ焼きってその名のとおり、基本的に具はタコ限定になりま

具はもちろん豚肉

あきらかに配合間違えた感

すよね。そこへいくとお好み焼きは「お好み」っていうくらいだから、もっと自由でいいんじゃないか？　となると、この丸っこいのこそが、真のお好み焼きと言えるんじゃないか？　だって、すべての穴に違う具材を入れることだってできるんですよ。こんなにお好みに応じた料理はなかなかないんじゃないですか？

というかこれもう、今のうちに勝手に新しい名前つけといちゃったほうがいいような気がしてきたぞ。我が家のある練馬区で生まれたから「練馬焼き」なんてどうでしょう？　これからの時代のニュースタンダードはタコパならぬ「ネリパ」だ！

……もうすでにまん丸のお好み焼きを出しているお店や地域があるかどうかは、夢がなくなるので調べないことにします。

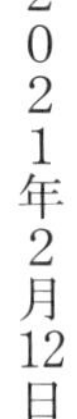
〈2021年2月12日〉

誰が見てもたこ焼きだ

丸いお好み焼き、いい！

「トンかつ弁当」で飲みたい！

駅弁恋し

毎年1月、新宿の京王百貨店で「元祖有名駅弁と全国うまいもの大会」、通称「京王駅弁大会」が開催されるのは、もはや年始の風物詩。全国各地から多数の駅弁が集まり、この大会限定の駅弁あり、各地から毎日届く「輸送」駅弁あり、会場に設けられた調理場で作られる「実演」駅弁あり。人気の駅弁には整理券まで配られるという人気ぶりで、僕も毎年楽しみにしています。

ラズウェル細木先生をはじめとした酒飲みの先輩がたにもこの大会のファンは多く、特に、期間中に配られるチラシを居酒屋に持ち寄り、あーだこーだと言い合いながら飲む「チラシ飲み」。これが最高に楽しい！　僕は参加させてもらっても圧倒されて聞いているだけのことがほとんどなんですが、実際に目の前に駅弁があるわけじゃなく、チラシだけをネタにどんどん白熱していく様子を眺めていると、酒飲みってのは本当に幸せな人種だよなぁと、なんだかしみじみしちゃいます。

もちろん今年はコロナの影響で、つつましくも幸せな「チラシ飲み」会はできませんでした。では駅弁大会自体はどうなったかというと、会場内のスペースを広くとったり、フロアを分けたりといった対策をとりつつ、実施されたようです。「ようです」というのはつまり、今年は僕、けっきょく一度も会場に足を運ばなかったんですよね。

駅弁大会は応援したい。けれども、毎年この催しを楽しみに、僕よりもずっとずっと熱を入れて通うファンも多い。そのなかにはご高齢者も多い。仕事なりで近くを通る機会があれば、ちらっと様子を見てもいいのかな？　なんて思いつつ、でもな、う〜ん、なんて考えているうちに開催期間が過ぎてしまったというわけで。

そうだ、千葉行こう！

「駅弁で飲む」という行為には、ロマンがあります。お弁当箱という限られた空間に詰め込まれた、各開発者たちの工夫、努力、意地。そんなメッセージを感じとりつつ、では自分ならばどう攻めるかと考えながら食べすすめてゆく楽しさ。たとえ自宅にいようとも、弁面（べんめん）には色濃い旅情が漂っている。はるか遠い地を思いながらつつくおかずの、冷たい状態で食べられることを考慮された独特の美味しさ。

　また、星の数ほどある駅弁ですから、駅弁ファンそれぞれにお気に入りがあるわけで、そこも楽しい。僕のお気に入りはというと、ベタですが崎陽軒の「シウマイ弁当」。それから、最強のおつまみ弁との呼び声も高い「品川貝づくし」。どうしても立派なたこつぼ型の容器を捨てられない、明石の「ひっぱりだこ飯」などなど。なかでも最愛の駅弁は？　と聞かれれば、こう答えざるを得ません。万葉軒の「トンかつ弁当」！

　トンかつ弁当は千葉の駅弁。数年前に駅弁大会で初めて出会ったんですが、年々豪華絢爛さを競う傾向が強くなり、ひとつ１０００円越えも当たり前の駅弁界において、なんと税込み５５０円。どこかうつろな目がなんともいい味わいをかもしだしている豚のコックさんが描かれたかけ紙を外すと、駅弁とは思えぬ透明プラ容器一面に、カツがどーん！　その下にごはんが敷きつめてあって、副菜はしば漬け、筍煮、胡麻昆布、以上！　という潔さ。その素朴な存在感とクセになる味わいが気に入り、毎年駅弁大会で真っ先に買って食べるのを楽しみにしていたんです。

　あぁ、トンかつ弁当で飲みたい。突然、今年駅弁大会に行かなかったことへの後悔が押し寄せてきた。ん？　でも待てよ。そういえば前に一度、雑誌の取材でこのトン

こういうお弁当

かつ弁当を食べるためだけに千葉に行ったことがあったよな。そうだ、千葉なんて家の最寄駅から1時間半もあれば着く。今すぐに行こうと思えば行けるじゃん。そうだ、千葉行こう！

かけがえのない思い出に……

というわけでやって来ました。千葉駅構内にある万葉軒の販売所「ペリエ千葉エキナカ店」。

おぉ、並んでる並んでる。うるわしのトンかつ弁当が。ビッグサイズなうえにウインナーも加わる「ジャンボかつ弁当」や、昨年末に発売されたばかりという「ちば元気弁当　～豚づくし丼～」も気になるけど、ここは初志貫徹、トンかつ弁当ひとつ下さい！

さてこれをどこで食べようか。せっかくだから千葉らしいところがいいな。と、無事手に入れたトンかつ弁当を手に向かうのは「千葉港」。千葉港は、千葉駅から千葉都市モノレールで2駅のところにある貿易港。僕は散歩がてら歩いて向かったのですが、それでも30分くらい。突然景色が開けてきたと思ったら、見えてきましたよ、海

駅構内の販売所

が！

ところがここでちょっとした、いや、けっこう重大な問題が発生。ここに来るまでに薄々は感じてたんですが、今日、死ぬほど風が強い！ これ、うかうかしてると飛ばされちゃうレベルですよ。え？ いやいや、駅弁がじゃなくて、自分が。

わずかに出歩いている人も、風にあらがって歩いているおかげで、みなマイケル・ジャクソンの「スムーズ・クリミナル」状態。これ、のんびり駅弁で飲むって環境じゃないぞ……。

どうしよう。せっかくここまで来たけど、家に帰って食べることにする？ いやいや、さすがにここからさらに2時間近くもがまんできるわけありません。というわけで、少しでも風の影響のないスポットを探すと、海から若干離れた場所にあったベンチなら、なんとかいけなくはなさそう。よし、強行！

かけ紙を外し、フタをパカっと開けると、現れましたよ。全面潔いまでに茶色いトンかつ弁当が。最初に出会った時はびっくりしたもんだよなぁ。

ザクっと4等分にカットされた記憶よりも大きなカツを、まずはひとつ持ち上げてみます。そうそう、この、決して厚みがあるわけじゃない豚肉にたっぷりの衣。なんだけど、なぜかチープな印象を受けない不思議な美味しさが、こいつの魅力なんだよ

千葉港に到着

海面が荒れに荒れている

な。

すでにソースに浸されしっとりとしたカツをひとかじり。そしたら下の、衣まみれのごはんを食べる。もっちりとしたお米とカツのハーモニー。やっぱり君だよ！　僕の最愛の駅弁は！

ひとブロックをじっくりと味わったあとは、付属の「追いソース」をドボドボ。こいつをつまみに、途中のコンビニで調達した缶チューハイもグビグビとやっていきます。

また、つつましくサイドに控えるしば漬け、筍煮、胡麻昆布がいい味出してるんすわ。箸休めってよりはむしろお弁当の加速装置。ソースドボドボカツともっちりごはんと一緒に食べると、どれも良いアクセントになってお酒がすすむすすむ！　あ〜、やっぱりうまいぞ！　トンかつ弁当。

今回、確かに風は強かった。たまに弁当を押さえないと飛ばされそうでひやっとした場面もあった。しかし、だからこそ僕とトンかつ弁当にとってのかけがえのない思い出にもなった。

千葉港のキラキラとした水面と、それに負けずキラキラと輝いていたトンかつ弁当のソース。この光景を一生、忘れることはないでしょう。

この記念写真を撮るだけで精一杯

これが驚きの内容

〈2021年2月19日〉

フリーランスの酒事情

フリーになって丸2年

２０００年代後半からお酒に関する文章をなんとなく書くようになり、徐々にお仕事をいただけるようになって、それまで勤めていた会社を辞め、「酒一本のフリーライター」というあまりにも無謀な肩書きで独立したのが２０１９年の3月1日。あれから早いもので、もう2年が経つんですね。

会社を辞めた翌日の、家から一歩外に出たとたん、まるで背中から羽でも生えたんじゃないか？　と思うくらいにふわふわと体が軽かった感覚、忘れようにも忘れられません。その日も今日みたいに天気のいい日だったなぁ。寒い寒い冬がようやく終わり、あちこちで色とりどりの花が咲きはじめ、40歳というちょうどいい節目に、なんだか新しい人生が始まったようなあの気持ち。毎年この季節がやってくると思い出すんだろうな。そんな気がしています。

その時はまさか、新型コロナウイルスなんてものが流行し、このように世界が一変してしまうなんて想像もしていませんでした。独立してからの約1年は、くる日もくる日も取材か打ち合わせで夜の街へ。翌朝、だるさMAXの重い体を無理やり引き起こし、原稿にとりかかる。そして夕方からはまた飲みに出かけてゆく。今思うと、あれはあれで異常だったよなぁと感じます。

その後、世の中がみなさんご存知のような状況になり、一気に仕事がなくなってしまうんじゃないかと不安になったりもしましたが、意外とそんなことはなく、急速に需要の増えた家飲みや、コロナに対抗すべく新しい策を打ち出す酒場の取材など、あの手この手の仕事の依頼を多くの編集者さんからいただき、あらためて、人々の小さな希望になりうる「酒の力」って、確かにあるよなぁという想いを強くしています。

今後の人生に対する不安はあるし、それは一生なくなりそうにない。とりあえずここまではやってこられたけれど、では次の1年もやっていけそう？　と聞かれたら、答えようもありません。けれどもこの2年、ストレスというものとは本っっっ当に無縁の生活を送れており、それはとてもありがたいことだなと。

「夏」は酒を飲む理由

ただ、まずいんですよ。この自由すぎる生活。だって、いつなんどき酒を飲もうと、注意してくれる上司も部下も同僚もいないんですもん。今日みたいに天気がいいと、それだけで昼間っからビールが飲みたくなる。しかも直近の原稿締め切りが明日だったりした日には、もう今日はすべてを投げ出して、明日からまたがんばろ〜！　ってなるでしょうよ。誰だって。

でまた、よくほら、「みんなが働いている時間から酒を飲む背徳感と優越感がたまらない」なんて言う人がいるじゃないですか。僕は昔っからあの感覚がわからない。たとえば仕事の休みをとって、なんのうしろめたいこともなく昼から酒を飲む。それは誰にでも許された喜びであって、悪いことでもなんでもないじゃないですか。だから僕のスタンスは昔っから一貫して「勝手に飲め！　こっちも勝手に飲むから！　じゃあ、良い昼酒を！」ってなわけでして、そんな男が文字通り、常に「フリー」な時間のなかにいたら、これはなかなかのハードモードであると言えますよ。

さらにおそろしいのはこれからやってくる「夏」。夏ってさ、もう、それだけで「酒を飲む理由」になりません？　「飲んじゃおっと！　夏だし」これ、ごく自然なセ

リフですよ。

まぁ、それが日常になってしまうと人間的に本気でまずいことは自覚しているので、毎日なるべく夕方まではお酒を飲まないようにしてるんですが、や〜自信ないな〜、今年の夏もちゃんとがまんしつつ乗り越えられるのかどうか……。

酒場ライターの異常な日常

そこにとどめをさしにくるのが、僕の「酒場ライター」という生業ですよね。例えば週に一度必ず締め切りがやってくるこの「つつまし酒」の連載。どうしたってまず、酒を飲まないことには始まらない。自分で始めたんだし、好きでやってることだから楽しいんですよ。だけど一般的に考えて、「急いで酒を飲まなきゃいけない」って状況、人生にあんまりなくないですか?

つつまし酒のこの1年をふり返ってみたって、明日が締め切りだから急いで「コンビニ弁当をまげわっぱに詰め替えて飲まなきゃ!」「いろんなものを浅漬けにして飲まなきゃ!」「ドムドムバーガーに行って飲まなきゃ!」「ベランダで野宿しつつ飲まなきゃ!」「物産館に行って飲まなきゃ!」「冷凍餃子を食べ比べながら飲まなきゃ！」「どんぐりを拾ってきて飲まなきゃ！」「定食屋で飲まなきゃ！」「おせち作って飲まなきゃ！」「たこ焼きとお好み焼きの形を入れかえて飲まなきゃ！」「千葉まで『トンかつ弁当』を買いに行って港で飲まなきゃ！」って、どんだけ異常な生活なんだっていう。そして、そんなタスクが他の媒体含め日々やってくるわけですから、もう。

さて、今この原稿を読んでくれた心優しいみなさまにおかれましては、僕の体のことがものすご〜く心配になっておられるかもしれません。ありがとうございます。あらためて、ふだんの生活では節制、節酒を心がけつつ、これからも楽しいお酒ライフを送っていきたいなと、これを書いている今、あらためて襟を正しています。

ただ、今回けっきょく何が言いたかったかというと、「あぁ、酒場ライターは楽しいなぁ！」につきるんですけどね。

〈2021年2月26日〉

3年めもなんとか
やりすごせますように

あのころ、父と食べた「銀将」のラーメン

父のこと

これまでに僕が世に発表した文章で、父について語ったことは一度もなかったと記憶しています。

父は僕が27歳の時、発病率が約10万人にひとりとも言われる難病「ALS」で亡くなってしまいました。病気が発覚してからの生活はもちろんすごく大変だったのですが（僕よりもだんぜん母が）、父は人工呼吸器による延命治療を希望しなかったので、今ふり返ってみるとあっという間にこの世を去ってしまったような印象があります。

ひとりっ子である僕は、思春期ごろから成人するまで、両親とは必要最低限の会話しかしないという典型的なタイプ。しかも高校生にもなれば夜遊びばかりが楽しく、よって、酒飲みならば一度はやってみたい「父親との男同士のサシ飲み」をしたことがないんですよね。今思えばチャンスはいくらでもあったのに、人生の心残りのひと

つです。

唯一酔っぱらった父を見る機会といえば、毎年親戚が持ち回りでそれぞれの家に集まって行われる新年会くらい。子供時代から見ていた酒の場での父の印象は、ネガティブな酔いかたをすることが一切なく、常に会話の中心にいて、誰かが荒れそうになれば「まぁまぁ、いいじゃない楽しくやれば」と、あっけらかんとその場の空気を変えてしまうようなタイプ。僕は父のそんな人柄にかなり影響を受け、今でもお手本にしたいと思いながら生きているような節があります。

「銀将」に行こう!

父は休みごとにマメに家族旅行などに連れていってくれ、そういう思い出は多いのですが、ふたりきりで外食をした記憶というとほとんどありません。唯一あるのが、子供のころに家からすぐの場所にあった、若い夫婦がふたりで営む「銀将」という小さな中華屋さん。

我が家はみんなその店が大好きで、月に1、2度くらい、母から「今日は銀将にする?」なんて提案があると、とても嬉しかった。実家は、これまた今はなき「砂場」

というそば屋の隣にあったので、母が「砂場の隣の小林です」と電話をかけ、出前の注文をする。すると昔ながらのおかもちで、ぴっちりとラップをかけられたラーメンが届く。食卓へ運び、ラップをはがした瞬間にふわりと漂う食欲をそそる香り。あれは今思えば、僕が外食に感じた喜びの原点だったのかもしれません。

日曜の昼下がりなどは出前ではなく、父とふたりで銀将に出かけていくことも多かった。その間、母は家でたまった家事などをしていたのかな。

「銀将行くか」「うん！」とぶらぶら歩いていって、店内のテーブル席に着く。頼んでもらうのは決まって「チャーシューワンタン麺」。今となっては食べ切れる自信のないガッツリ系メニューですが、育ち盛りだったんですね。

あまりはっきりとは覚えてないけれど、父はまず、必死でラーメンをすすっている僕の横で餃子と瓶ビールかなんかをちびちびやって、最後にラーメンを食べて帰るのが定番だったような気がします。僕が先に食べ終わり、早く遊びたくてうずうずし、先に家に帰ってるなんてこともよくあったな。そのあとのほんの少しのひとり飲みの時間が、ちょっと楽しみだったりしたのかもしれない。

あのころの父はどんなことを考えていたんだろう。たまの休みに面倒だと思いつつ僕を連れ出してくれていたのか、それとも息子とふたりでのんびり食事するのをわりと嬉しく思っていたのか。もう、直接聞くことはできないのですが。

銀将は、僕が中学に上がる前くらいには、その場所での営業を終えてしまいました。ただ、その後も移転して営業を続けているとは母から聞いていて、ずっと「いつか行ってみよう」と思ってたんですよね。

ところでこの連載「つつまし酒」もついに100回目。節目だなぁ、なんて考えていたら突然思い立ちました。「あ、銀将に行こう！」って。

単純にすごくいい店

調べてみると銀将は、僕の住む石神井公園駅から西武池袋線でたった3駅下った東久留米駅が最寄りらしい。駅からは20分ほど歩く場所にあるようなんですが、ぜんぜんいつでも行ける距離じゃん！　と、こんなにも間が空いてしまったことを反省。

緊急事態宣言下の今、営業しているかどうかの不安もあるけれど、なんとなく、事前に「今日やってますか？」と電話をかけるのも野暮な気がして、えっちらおっちら歩いて向かってみます。すると、確かに情報どおりの場所にあって、しかも営業中！

時刻はお昼どきをちょっと過ぎたあたり。ほんのりと緊張しつつ店内へ入ると、元

店名より「めん・ごはん」が大きい看板がいい

気のいい女将さんが「いらっしゃい！　どこでも好きなところに座って」と迎えてくれました。

以前の倍くらいに広くなったように感じる店内は、ものすごく清潔でピカピカ。この時点で、初見で入ったとしても「確実にいい店だ！」と大喜びしてしまうような空気が流れています。

そして自分でも驚いたのが、女将さんと、奥の厨房で腕をふるうご主人について。最後に銀将に行ったのはもう30年以上も前のことで、記憶もすっかりおぼろげだったんですが、ぱっと目にした瞬間、そして声を聞いた瞬間、間違いなく確信したんですよね。「わ、あのふたりだ！」って。

とはいえあちらはさすがに変わり果てた僕のことをわかるはずもありません。ひとまず落ち着こうと、餃子とビールを注文。すぐにビールが、「ちょっとこれ食べててね」と、サービスの煮物と一緒に到着。そのひと皿の嬉しいことといったら！

一般的にこういう場合って、ちょっとしたお新香かザーサイ、もしくは柿の種の小袋が出てくるくらいですよ。ところが、こっくりと煮込まれた大根、厚揚げ、さつまあげ、それからホタテが3つ！　これがものすご〜く安心感のある美味しさで、もしここが銀将でなかったとしても感激で泣きだしてしまうレベル。記憶にはないけど、もし

サービスにしては盛りが良すぎ

父もこういうものを出してもらったりしてたんだろうか。

煮物をつまみにありがたく飲んでいると、餃子も到着。ひとつひとつがものすごく大ぶりですね。

まずはそのままかぶりついてみる。もちもちっとした厚めの皮の食感と香ばしさが良く、なかには優しい味わいながらも肉と野菜の旨味にあふれたジューシーな餡がたっぷり！　次に醤油、ラー油、酢をつけて。おいおいお父さん、こんなにも酒がすすむ餃子でビールを飲んでいたのかよ！

続いて、「レモン」や「グレープフルーツ」の他に「はちまきぶどう」「木いちご」「やまもも」など見慣れない名前が並ぶ「各種木の実サワー」のなかから、おすすめしてもらった「よつずみサワー」を注文。

よつずみとは「ガマズミ」とも呼ばれる、赤い南天のような実のなる植物で、わざわざ那須から取り寄せるそれを自家製の果実酒にして炭酸で割ったのがこのサワーだそう。甘く、かりんやあんずを思わせるような香りがし、スパイスや漢方っぽいニュアンスもある、体に良さそうな味わい。しかもこれ、貴重なことに7年もののお酒なんだそう。それが一杯500円って、どこまでも良心的なお店ですね。

さらに餃子が到着

「よつずみサワー」

ラーメン人生、再開

記憶よりはほんのりとだけお化粧が派手になった気がする女将さん。料理が届いて「美味しそう〜！」と言う若者に対して、「美味しそうじゃなくて美味しいんだよ！」なんて笑っているのが聞こえます。確かに愛想はよかったけれど、昔はもう少し接客も控えめだった気もして、僕が勝手に時間をぶっ飛ばしているからこそ実感できる30年ぶんの貫禄に嬉しくなったり。

やがて他のお客さんがいなくなると、「お兄さん、近くなの？」なんて話しかけにきてくれました。そこで思いきって伝えます。

「ここって昔、大泉学園にあったお店ですよね？」

「そうそう。よく知ってるわね！」

「僕、実家が近くて、子供のころによく食べさせてもらってたんです」

「そうなの？　どのあたり？」

「『砂場』っていうそば屋がありましたよね。その隣の……」

「あら、小林さん!?」

鳥肌が立ちました。まさか覚えてくれているとは思っていなかったので。ただ一方の女将さんは、さも当たり前のことのように「あら〜、立派になって〜！」なんて言っています。そうだよな。こちらにとっては30年ぶりの思い出の店。だけど長く飲食店をやっていれば、そんな出会い、別れ、再会なんて日常茶飯事でしょう。そして、かつて通ったお客さんのことはこうしてしっかりと記憶している。まさにプロ。

女将さんが「小林さんとこの息子さんが来てくれたわよ！」と伝えると、ご主人が顔を崩して「あんなに小さかったのに〜」と言ってくれたのも嬉しかったな。

その後、積もる話もたくさんさせてもらい、なんだか肩の力が抜けて、人生の宿題をひとつこなしたような気持ちになりましたとさ。

さて、最後にラーメンを食べて帰りましょう。「チャーシューワンタン麺」はさすがに食べきれそうもないので（そもそもメニューにないので特注だったのかも）、「チャーシュー麺」をお願いします。

届いた瞬間、またまた鳥肌が立ちました。これは……間違いなく銀将のラーメンだ！　あのワクワクしながらラップをはがしてかいだ幸せの香りが、どんぶりからぶわあっと立ちのぼってくる！　薄ぼんやりとしていた記憶がどんどん鮮明になっていく！

スープをすすった瞬間にまた驚いた。シンプルながらも深みのある醤油味。そこに

「チャーシュー麺」はお手頃な850円

そうだ、これこそが僕にとってのラーメンだ

感じる甘みも塩加減もすべてが記憶どおりだし、なによりねぎ！　ていねいに刻まれたねぎがシャリシャリっと口のなかに入ってくる感覚が、強烈に懐かしいんです。

大ぶりな4枚のチャーシューはしっとりとして旨味が濃く、大人になっていろいろな店の味も知り、そのうえであらためて味わってみても、ものすごくクオリティーが高い。ぷりぷりとしてのどごしの良い麺も、まさに記憶のままの味。

僕、これまでによく「ラーメンにあまり興味がない人生を送ってきた」と書いてきました。その理由が今、わかった気がします。僕にとってのラーメンって、つまりは銀将のラーメンだったんですね。30年ぶりに食べたその味が、これ以上なく自分にしっくりくる。それが生活から突然消えてしまって以来、自分の心身を形成するパーツから「ラーメン」そのものが抜け落ちていたんじゃないか？　そんな気がするんですよね。銀将のラーメンを久々に食べた今、自分のラーメン人生が再び始まった！　とすら感じています。

今回あらためて、両親が銀将を大好きだった理由を実感できたし、父はこんなにいいセットで昼飲みを楽しんでいたんだな、と、なんとなく時空を超えてサシ飲みができたような気にもなれました。

老舗の酒場には、3代続けて通う常連も珍しくない。そして、今まで想像もしていなかったけど、自分にも3代続けて通うような店ができてしまうのかもしれない。いずれ家族で銀将におじゃまし、娘に「チャーシューワンタン麺」を食べさせてやる日が来るのが、今から楽しみでなりません。

〈2021年3月12日〉

本書は２０２０年４月３日から２０２１年３月12日まで光文社新書公式ｎｏｔｅにて連載された「つつまし酒」を加筆修正し、単行本にまとめたものです。

パリッコ（ぱりっこ）

1978年、東京生まれ。酒場ライター、DJ／トラックメイカー、漫画家／イラストレーター。2000年代後半より、お酒、飲酒、酒場関係の執筆活動をスタートし、雑誌、ウェブなどさまざまな媒体で活躍。飲酒ユニット「酒の穴」として、「チェアリング」という概念を提唱。著書に『ノスタルジーはスーパーマーケットの2階にある』『天国酒場』『つつまし酒　懐と心にやさしい46の飲み方』など。

つつまし酒（ざけ） あのころ、父（ちち）と食（た）べた「銀将（ぎんしょう）」のラーメン

2021年8月30日　初版第1刷発行

著者　パリッコ

装幀　西垂水敦・市川さつき（krran）

カバーイラスト　谷口菜津子

本文デザイン　宮城谷彰浩（キンダイ）

組版　堀内印刷

印刷所　堀内印刷

製本所　国宝社

発行者　田邉浩司

発行所　株式会社光文社

〒112-8011　東京都文京区音羽1-16-6

https://www.kobunsha.com/

ＴＥＬ　03-5395-8172（編集部）

03-5395-8116（書籍販売部）

03-5395-8125（業務部）

メール　non@kobunsha.com

落丁本・乱丁本は業務部へご連絡くだされば、お取替えいたします。

　ISBN978-4-334-95263-1　Printed in Japan